Stille Nacht, heilige Nacht …
Weihnachtserzählungen

Stille Nacht,
heilige Nacht ...

Weihnachtserzählungen

Zusammengestellt von Rosa Wicki

Rex-Verlag Luzern/Stuttgart

CIP-Kurztitelaufnahme der Deutschen Bibliothek

Stille Nacht, heilige Nacht ...: Weihnachtserzählungen/
Zusammengestellt von Rosa Wicki. –
Luzern; Stuttgart: Rex-Verlag, 1986
ISBN 3-7252-0479-9
NE: Wicki, Rosa (Hrsg.)

© 1986 by Rex-Verlag Luzern/Stuttgart
Umschlag und Illustrationen: Robert Wyss
Druck: Maihof Druck, Luzern
Einband: An der Reuss AG, Littau/Luzern
ISBN 3-7252-0479-0

INHALT

Stille Nacht! Heilige Nacht! *Joseph Mohr*	7
Janine feiert Weihnachten *Werner Wollenberger*	9
Der Christkindvagant *Josef Maria Camenzind*	14
Ich bin ein Narr *B. J. Chute*	33
Die Apfelsine des Waisenknaben *S. Caroll*	45
Das kleine Mädchen mit den Schwefelhölzchen *Andersen*	48
Die erlöste Einsamkeit *Walter Bauer*	54
Die Geschichte vom artigen Kind *Margret Rettich*	63
Die Suche nach Iris *Horst Heinschke*	68

Juriks erster Mariendienst *Ellen Schöler*	77
Es liegt nun weit zurück *Pearl S. Buck*	95
Das Christkind an den Bahnschienen *Eva-Maria Kremer*	100
Quellennachweis	111

STILLE NACHT! HEILIGE NACHT!

Joseph Mohr

Der Originaltext mit den drei «vergessenen» Strophen

Stille Nacht! Heilige Nacht!
Alles schläft; einsam wacht
nur das traute heilige Paar.
Holder Knab im lockigten Haar,
schlafe in himmlischer Ruh!

Stille Nacht! Heilige Nacht!
Gottes Sohn, o wie lacht
Lieb' aus deinem göttlichen Mund,
da uns schlägt die rettende Stund.
Jesus in deiner Geburt!

Stille Nacht! Heilige Nacht!
Die der Welt Heil gebracht,
aus des Himmels goldenen Höhn
uns der Gnaden Fülle läßt sehn:
Jesum in Menschengestalt.

Stille Nacht! Heilige Nacht!
Wo sich heut alle Macht
väterlicher Liebe ergoß
und als Bruder huldvoll umschloß
Jesus die Völker der Welt.

Stille Nacht! Heilige Nacht!
Lange schon uns bedacht,
als der Herr vom Grimme befreit
in der Väter urgrauer Zeit
aller Welt Schonung verhieß.

Stille Nacht! Heilige Nacht!
Hirten erst kundgemacht
durch der Engel Alleluja,
tönt es laut bei ferne und nah:
Jesus der Retter ist da!

JANINE FEIERT WEIHNACHTEN

Werner Wollenberger

Wann ist Weihnachten? Man sagt, am 24. Dezember, am 25. vielleicht. Das habe ich auch immer geglaubt, bis jene Geschichte passierte, die ich jetzt erzählen möchte. Seither bin ich nicht mehr so sicher.

Die Geschichte nahm ihren Anfang im Sommer des Jahres 1958 in einem kleinen Juradorf. Das Juradorf war wirklich sehr klein – ein paar Häuser, ein Bäcker, zwei, drei Wirtschaften, eine kleine Schule, eine Kirche und ein paar Familien über die Hänge verstreut. Eine dieser Familien bestand aus einem jungen Ehepaar und einem achtjährigen Mädchen, nennen wir es Janine.

Janine war ein fröhliches Mädchen, aber in diesem Sommer begann es zu kränkeln. Es wurde apathisch, es war immer müde, es nahm nicht mehr an den Spielen seiner Gefährtinnen teil; es begann Kopfweh zu haben, es wollte morgens nicht mehr aufstehen; es war krank.

Zuerst schien die Sache nicht sehr besorgniserregend; aber nachdem Janine immer zu klagen begann, ging die Mutter zum Arzt des nächsten größeren Dorfes. Der Arzt untersuchte sie und kam der Krankheit nicht auf die Spur.

So fuhr die Mutter denn eines Tages im September nach Basel und ließ Janine von einem berühmten Professor an der Universitätsklinik untersuchen. Der Bescheid, den Janines Mutter bekam, war erschreckend. Janine hatte Leukämie, eine Blutkrankheit, gegen die es auch heute noch kein Mittel gibt und die binnen kurzer Zeit zum sicheren Tode führt. Der Professor gab Janine höchstens noch zwei Monate zu leben. Die Mutter war verzweifelt. Sie beschwor den berühmten Arzt, sie bat ihn, sie fragte, was sie tun könne, und dem Arzt blieb nichts übrig, als ihr zu sagen, das einzige, was sie für Janine noch unternehmen könne, sei, ihr die letzten Wochen ihres Lebens so schön wie immer möglich zu machen.

Janines Eltern waren nicht reich, aber es ging ihnen nicht schlecht, und sie beschlossen, für Janine zu tun, was immer nur zu tun sei: mit ihr zu reisen, ihr die Schweiz zu zeigen, die Welt zu zeigen; sie mit Geschenken zu überschütten.

Aber Janine wollte von all dem nichts wissen. Sie wollte nicht reisen, sie wollte keine

Geschenke haben. Sie hatte nur einen einzigen Wunsch, und das war: Weihnachten zu feiern. Sie wollte Weihnachten haben, und zwar wunderschöne Weihnachten, wie sie sich ausdrückte, Weihnachten mit allem, was Weihnachten zu Weihnachten macht. Das war der einzige Wunsch, der Janine nicht zu erfüllen war. Dezember rückte näher, der Vater wurde immer verzweifelter, und in seiner Verzweiflung vertraute er sich einem Freund, nämlich dem Lehrer des Dorfes, an. Zusammen kamen die Männer auf eine Idee. Der Vater ging nach Hause, mit gespielter Begeisterung erzählte er Janine, daß Weihnachten ausnahmsweise in diesem Jahre früher stattfinden werde, und zwar bereits am 2. Dezember. Janine war ein gescheites Kind und glaubte die Geschichte zunächst nicht; das heißt, sie hätte sie gerne geglaubt, aber sie konnte das gar nicht fassen. Nun, der Vater sagte, mit Ostern sei es ja auch so, und genauso sei es nun eben einmal mit Weihnachten. Die Idee schien dem Vater sehr gut; er hatte nur etwas dabei vergessen: Weihnachten ist ein Fest, das man nicht alleine feiern kann. Zu Weihnachten gehören die Weihnachtsvorbereitungen, das Packen der Paketchen, der Geschenke. Zu Weihnachten gehört als Vorbereitung, daß in den Geschäften die Geschenke ausgestellt sind, daß die Christbäume auf dem Dorfplatz aufgerichtet werden. Zu Weihnachten gehört die ganze Zeit vor Weihnachten, und zu Weihnachten gehört vor allem, daß alle es feiern.

Der nächste im Dorf, der ins Vertrauen gezogen wurde, war der Bäcker. Und der Bäcker beschloß, seine Lebkuchenherzen dieses Jahr schon früher zu backen. Er beschloß auch, sein berühmtes Schokoladenschiff, das er jedes Jahr ausstellte, dieses Jahr schon früher ins Fenster zu stellen und aus den Schloten des Schiffes die Watte dampfen zu lassen. Und nun begannen die anderen Geschäftsleute des Dorfes, die sich zunächst gesträubt hatten – denn Weihnachten ist für Geschäftsleute nicht nur ein Fest, sondern eben auch ein Geschäft –, die Leute, die sich zunächst gesträubt hatten, begannen auch, ihre Weihnachtsvorbereitungen zu treffen.

Der Plan setzte sich immer fester in den Köpfen der Leute des kleinen Juradorfes. In der Schule wurde gebastelt; im Kindergarten wurde gebastelt; den Kindern wurde eingeschärft, daß Weihnachten dieses Jahr früher sei als in anderen Jahren, und es wurde überall gemalt, gebacken. Die Hausfrauen machten mit; die Väter gingen auf den Dachboden, holten die Lokomotiven und die Eisenbähchen und begannen, sie neu zu bemalen oder auszubessern; die Puppen wurden in die Puppenklinik gebracht. In dem kleinen Dorf setzten schon Mitte November ganz große Weihnachtsvorbereitungen ein. Der letzte Widerspruch, der zu überwinden war, war der des Pfarrers: konnte er denn die ganze Weihnachtsliturgie vorwegnehmen? Er konnte es. Er setzte Weihnachten für den 2. Dezember fest.

Der 2. Dezember kam, und es wurde ein wundervolles Weihnachten für Janine, ein Weihnachtsfest wie in anderen Jahren. Die Sternsinger kamen, verteilten ihre Lebkuchen, ihre Nüsse, ihre Birnen, und sogar aus dem Radio kam weihnachtliche Musik, kam «O du fröhliche», kamen die Schweizer Weihnachtslieder, und daran war nicht das Radio schuld, daran war ein kleiner Elektriker im Dorf schuld, der eine direkte Leitung in das Haus Janines gelegt hatte und vom Nebenhaus her Platten abspielte, deren Musik nun dirckt aus dem Lautsprecher kam.

Es war ein wundervolles Weihnachtsfest, und zwei Tage später starb Janine. Am 24. Dezember 1958 wurde in diesem kleinen Juradorf nicht mehr Weihnachten gefeiert.

DER CHRISTKINDVAGANT

Josef Maria Camenzind

Vor neun Monaten hat man den lieben Vater begraben. Die Mutter liegt schon seit langen Wochen im Bürgerspital der Stadt.

Karli und ich mußten fort in die Fremde. Wir haben bei der Mistelimutter, wie wir Buben sie nennen, mitten im tausenddingigen Werktag eines Bauernhofes, im abgelegenen Waldhof bei Friedstetten, ein Nestchen gefunden zur Nachtruhe und einen Tisch zur Ätzung. Unsere Kinderseelen aber hungern und dürsten vor Heimweh nach der Mutter. O dieses Heimweh, wie es brennt!

Es ist Adventszeit. Fünf Tagesschrittlein vom Heiligen Abend entfernt atmet der Winterwald um den eingeschneiten, adventstillen Hof seinen weihnachtlichen Tannenduft. Die Sterne am dunkelblauen Sammet der Nacht und die hellen Sehnsuchtsaugen der Kinder staunen hinein in die wundersamen Heimlichkeiten der kommenden Christkindleintage. Mein Herz aber zittert wie ein frierendes Bettelkindlein. Mir ist's, als ob kaltfeuchte Nebelschwaden durch die Gärten meiner Jugend schleichen und das Kinderleuchten meiner Seele auslöschten.

Frau Misteli ist nicht hartherzig; aber um ihre Güte hat sie eine harte Schale gelegt, grad exakt wie die Haselnüsse draußen am Waldrand um ihre Süßigkeit.

Ich habe in meinem Leben keine arbeitswütigere Frau gesehen. Wie ein Sturm wirbelt sie voll Arbeitsgeist auf dem Hof herum. Wo sie steht, da wird gearbeitet. Nicht arbeiten ist in ihren Augen die größte Todsünde.

Hinter dem Küchentisch sitzt nach dem Nachtessen der Misteliätti und liest im «Waldboten». Er ist ein hoher, hagerer Mann mit rührend naiven Zügen, gutwettergläubigen Augen und einem Mund, über dessen geschwungene, leise geöffnete Lippen wie Festtagsglockenklang stets warmherzige Worte ins Werktagsleben hinaustönen. Der Ätti arbeitet im großen Hammerwerk von Lafingen; er hilft nur in der Freizeit und in den arbeitstollsten Tagen der Ernte auf dem Hofe mit.

O, wie ich den Ätti gern habe! Er ist so ein Guter, beinahe wie der Vater selig. Wenn er nicht Nachtschicht hat, bringe ich ihm regelmäßig das Mittagessen in die Fabrik, die, eine halbe Stunde vom Waldhof entfernt, an den wilden Bergwassern des Flusses liegt. Im Hammerwerk kommt mir der Ätti vor wie ein König. Ja, so steht er an der Maschine, mitten im Dröhnen der Werkhalle, dem Glühen der Essen, dem ohrenbetäubenden Aufschlag der Hämmer, dem Zischen der rotglühenden Balken, die pfauchend und rauchend ins Kühlbad fahren. Ja, in Lafingen ist das Königreich des Ätti, zu Hause aber, im Regierungsbereich der Mistelimutter, fällt die königliche Würde von ihm ab wie sein blaues Arbeitsgewändli.

Nun sitzt er am Küchentisch und liest die Zeitung. Wir Buben stehen neben der Mistelimutter am Ofenloch und warten mit Sehnsucht, bis die Bauernbrote, Eierzöpfe und Eierringe backreif und goldgelb aus dem Ofen kommen.

«Heiliges Donnerwetter! Jetzt ist dieser Halsabschneider wieder aus dem Zuchthaus entflohen», ruft da der Ätti auf einmal mitten in unsere Eierzopferwartung hinein.

Wir gucken erstaunt zum Ätti hinüber, und die Mistelimutter läßt einen Schrei ab, als ob schon ein Mörder hinter ihr her sei.

Der Ätti deutet auf die Zeitung:

«Der Hawieler Mörder ist aus dem Gefängnis entflohen.»

Die Mistelimutter reißt dem Ätti das Blatt aus der Hand und guckt hinein. Ihre Augen wetterleuchten wie der Nachthimmel im August.

«Sternenmillionen abeinander! Wo haben denn die Polizisten, diese Teigaffen, ihre Nase? Hätten sie doch dem Kerli den Garaus gemacht, dann müßte man jetzt nicht wieder Angst haben, es komme am hellichten Tag so ein Scheusal aus dem Wald, um einem die Gurgel abzuschneiden», wettert die Bäuerin in mächtigem Schreck.

Sie setzt sich, springt wieder auf, rennt an den Backofen und befiehlt dem Ätti, nachzusehen, ob überall die Türen verriegelt sind.

Wir Kinder drücken uns ängstlich in die Ecke zur Mistelimutter. Die Eierringe, die bald duftend und leuchtend im gesunden Gold ihrer Züpfenfarbe den Ofen verlassen, finden nur noch unsere halbe Aufmerksamkeit. Unsere Gedanken sind jetzt beim entsprungenen Zuchthäusler.

Der Ätti kommt endlich zurück; er schickt uns ins Bett. Wir getrauen uns nicht mehr, die Stiege hinauf zur Schlafkammer zu klettern. Die Mistelimutter kommt mit der Petrollampe voran und leuchtet uns, dann geht sie wieder hinunter in die Küche.

Wenn nun der schreckliche Mörder während der Nacht ins Haus einbricht? Der Gedanke erwürgt mich beinahe. Es ist kalt in der

Kammer. Ich verkrieche mich unter die Federdecke, ziehe die Beine hinauf und lausche angstvoll in die Nacht hinaus. Ich kann noch nicht schlafen. Einmal schlägt der Hund an. Ich höre ein Geräusch, als ob sich jemand hinter dem Hause am Zugbrunnen zu schaffen mache, höre den Hund wieder wie toll bellen, dazwischen tönt von der Schlafkammer der Pflegeeltern herauf die Stimme des Ätti. Allmählich wird wieder alles ruhig. Endlich schlafe ich ein.

Wie ich am Morgen in die Küche trete, finde ich dort schon den Metzger Jöggi. Er plaudert mit der Bäuerin und wetzt seine Messer am langen, dolchförmigen Wetzstein, den er am Gurt trägt. Auf dem Kochherd strudelt im großen Waschhafen das Wasser. Die Mistelimutter steht auf dem Stuhl und kramt zuoberst im Küchengänterli in allerlei Gewürzsäcklein und alten Büchsen. Neben dem Herd steht eine mächtige Schüssel Salz. Die Vorbereitung zur Metzgeten ist im vollen Gang. Niemand spricht mehr vom entsprungenen Mörder. Der Ätti ist schon seit sechs Uhr im Hammerwerk.

Bald herrscht ein eifriges Arbeiten auf dem Waldhof.

Wir Buben haben alle Hände voll zu tun. In der Küche wird geknetet, gewurstet, gesotten und gesalzen. Das ganze Haus duftet von Gewürz, von Wurst und Fett und Anken.

Beim Mittagessen herrscht am ganzen Tisch fröhliches Wetter. Der Ätti ist extra zum Essen heimgekommen. Die Mistelimutter ist wunderbar gut im Strumpf, lacht, erzählt Witze, läßt ihr Nasentröpflein doppelt leuchten und legt mir, o Wonne, das Sauschwänzlein in den Teller. Nach dem Essen meinte sie gutgelaunt zu mir:

«Seppli! Wenn du die Rüben geschnetzelt hast, kannst du mit einem Züpfenring zum Gottebruder nach Hawiel gehen. Er hat eine Züpfe bestellt als Gutjahr für den Göttibuben. Du kennst doch den Weg?»

«Ich glaube, ja!» antwortete ich freudig.

«Du mußt in Friedstetten bei der Kirche und der Anstalt vorbeigehen, dann kommst du auf die rechte Straße, gelt?»

«Ja, Mistelimutter.»

In meiner Seele gibt es einen mächtigen Ruck. Es ist mir auf einmal, als gingen für mich alle Türen der Welt auf. Nach Hawiel darf ich! Ganz allein zum Gottebruder nach Hawiel! Ich jauchze vor Freude. Ein Appetit nach der Landstraße überkommt mich. Eine Abenteuerlust voll Herbheit und Kindersüße sprudelt durch mein Herz. Über allem Glück aber leuchtet wie ein Morgenrot die Christkindsehnsucht meines Bubenseelchens. Was hat mir doch gestern Frau Misteli gesagt? Das Christkind hole seine Bäumchen im Friedstetterwald, bei der Brunnstube? O, das Christkind will ich unterwegs antreffen, ganz sicher!

Das Rübenschnetzeln geht mir heute erstaunlich flink von der Hand. Es ist, als ob ungeahnte Kräfte, losgelassen durch das kleine Schüsselchen der Freude, aus verborgenen Türen in meine Muskeln schießen.

«Ja, das Christkind treffe ich sicher! Ganz sicher treffe ich es!»

Nachmittags gegen drei Uhr verlasse ich, den goldgelben Eierring am Arm, den Waldhof und wandere gegen Friedstetten. Aus dem grauen Himmel fallen leise, leise kristallhelle Schneesternlein in die Landschaft. Es weihnachtet, soweit die hellen Bubenaugen blitzen. Ich marschiere durch das stille Friedstetten. Aus einzelnen Scheunen tönt der monotone Taktschlag der Drescher. Kein Mensch ist auf der Straße. Die Kirche habe ich hinter mir.

Plötzlich stehe ich an einer Wegkreuzung. Ein strammer Wegweiser streckt seine Arme nach West und nach Ost. Er nützt mir einen Pappenstiel; denn ich bin mit meinen fünf Jahren noch glückseliger Analphabet. Ratlos stehe ich da. Wohin soll ich jetzt gehen? Rechts oder links? Die Straße links kommt mir bekannt vor. Dort hinten erheben sich in den Himmel die blauen Schatten eines Tannenwaldes, dorthin mündet die Linksstraße. Rechts ist kein Wald sichtbar, ich aber will in den Wald, will das Christkind antreffen. Ich gehe weiter auf der Straße, die waldwärts führt. Das Dorf verschwindet weit hinter mir im Nebelschleier und Schneeflockengewand des Wintertages. Es schneit jetzt in mächtigen, wolligen Flocken. Ich ziehe die Zipfelmütze weit über die Ohren. Ein Mann kommt mir entgegen. Er guckt mich verwundert an und fragt, wohin ich denn wolle.

«Zum Gottebruder und dann zum Christkindli!»

«So, so! Dann lauf aber schnell, sonst wirst du noch eingeschneit, Büebli!»

Der Mann kramt in der Tasche und schiebt mir einen Bonbon in den Mund.

«Da hast du etwas zum Schlecken.»

«Vergelt's Gott tausendmal, vergelt's Gott!»

Und schon stampfe ich munter voran. Vor mir öffnet sich wie ein Märchen der verschneite Winterwald. Es schneit hier nicht mehr so stark. Eine wundersame Stille umgibt mich. Die hohen, schlanken Tannen schweigen; die Straße schweigt; alles schweigt wie in einer Kirche. Rings im Kreise stehen kleine Tannen im weißen Schneekleid.

«Ein Christbäumli! Juhu, juhu!» juble ich. «Und da auch eins, und dort und dort!»

Ja, hier ist wahrhaftig lieb Christkindleins Weihnachtswald. Eine unbeschreibliche Freude durchzittert mein Herz und ein beglückender Gedanke, daß ich hier das Christkindli antreffen werde. Mein Blick schwimmt über das weiße Meer des verschneiten Waldteppichs hinauf in die tannenblauen Höhen und hinein in die dämmernde Nacht. Die Straße verliert sich auf einmal. Nur ein schmaler Pfad führt tiefer hinein in den Wald. Ich wate in fieberhafter Erwartung weiter voran. Dann und wann ertönt der kreischende Ruf eines Eichelhähers, das Knacken eines brechenden Astes und der ferne Aufschlag einer Axt. Einmal rieselt mir staubfeiner Schnee direkt vor die Füße. Neugierig gucke ich zur Höhe und eräuge gerade noch ein Eichhörnchen, das mit seinem Schwanzwedel hinter einem Wipfel verschwindet.

Ich krieche durch ein Buchengebüsch und stehe vor einer Quelle, die neben einem hohlen Weidenbaum in den dämmernden Abend sprudelt, zwischen scharfkantigen, harten Seegräsern weltwärts plaudert und in der Ferne leise verschwindet.

Jenseits des Wässerleins taucht unverhofft ein Vogel auf. Ich schaue, ich staune, ich haste und jage dem Tiere nach und springe mit meinem Eierzopf über den Bach.

Der Vogel scheint ziemlich zahm zu sein. Er läuft immer einige Meter vor mir her, flattert mit seinen Flügeln, fliegt über gefällte Baumstämme und hält inne, wenn ich schnaufend stehen bleibe.

Noch nie ist mir ein so prächtiger Vogel vor die Augen gekommen. Er ist größer als unser Hahn auf dem Waldhof und leuchtet vom tiefsten Rot durch alle Farben hindurch wie ein bunter, hüpfender Farbkasten der Natur. Schon bin ich zum Packen nahe, da schießt er plötzlich ins Kleingehölz, das sich mitten im Wald über eine abgeholzte Fläche hinzieht. Ich schlüpfe ihm nach.

«Tätsch! tätsch! tätsch!»

Ich purzle in einen Abzugsgraben. Der Eierring fliegt in weitem Bogen in ein Gebüsch. Ich stehe wieder auf. Dort vorn flackert noch ein blutrotes Flämmchen durch die Zweige, und jetzt verschwindet der Vogel ganz.

Ich hebe den Eierring auf. Auf einer Seite ist er ganz durchbrochen. Neugierig gucken die Weinbeeren aus dem appetitlichen Weiß. Ich erinnere mich wieder meines Auftrages. Was wird wohl die Mistelimutter sagen? Ich suche den Rückweg zur Straße wieder zu finden. Doch vergebens. Wald und Gestrüpp halten mich wie mit Fesseln gefangen.

Es wird Nacht. Ein unheimliches Grauen durchschauert meine Seele. Ich irre umher, wie lange, weiß ich nicht. Ich friere an den Füßen; Kälte durchrieselt mich, als ob ich ein einziger wandelnder Eiszapfen wäre. Ich klappere mit den Zähnen. Ich rufe und schreie und weine dann wieder hoffnungslos in mich hinein. Ich erhalte keine Antwort, nur dann und wann tönt aus der Ferne der Glockenschlag einer Dorfkirche, aber so weit und abgelegen, als sei ich kleiner Wicht hundert Tage in die Ewigkeit hinein vagabundiert.

Ich fange an, mich entsetzlich zu fürchten. Ich heule, schluchze, schreie, daß Gott erbarm. Ich laufe im Kreise herum, pralle mit dem Kopf an eine Tanne. Ich merke, wie ein warmes Bächlein über meine rechte Wange herniederrieselt. Ich lehne erschöpft an einem Baumstamm, lausche wieder in die Nacht hinaus und höre, wie mein Herz wie ein wildgewordenes Rößlein im Galopp trabt.

«Christkind! Christkind! Christkind!» Immer lauter, immer flehender rufe ich in den Wald hinein.

Es hat jetzt offenbar aufgehört zu schneien. Zwischen den Tannen rieselt auf einmal das

leise Licht des Mondes zu mir hernieder. Ich werde etwas ruhiger. Die schreckhafte Nacht lichtet sich wieder zur hoffenden Dämmerung.

Da, was ist das? Nahen sich da nicht Schritte? Gedämpft vom weichen Moospolster des Tannenwaldbodens? Ich höre ein Stolpern. Jetzt, jetzt taucht wenige Meter vor mir eine Gestalt auf; jetzt tritt sie ins Licht des Mondes. Es ist ein Mensch, ein Mann mit bärtigem Gesicht. Er erblickt mich und kommt zögernd auf mich zu. Ich laufe ihm aufatmend in unbändiger Freude entgegen. Gott sei Dank! Ich bin nicht mehr allein im dunkeln Wald.

Der Mann schaut mich überrascht an, schielt auf meinen Eierring und fragt:

«Hast du so geschrien, Kleiner?»

«Ja.»

«Was willst du denn so spät hier im Wald?»

«Das Christkind suchen.»

Er guckt mich erstaunt an, sieht wohl auch die Tränen auf meinen Backen glänzen und fragt dann wieder:

«Fürchtest du dich?»

«Nein, jetzt nicht mehr, seit du bei mir bist; aber vorher habe ich ziemlich Angst gehabt. Bitte! Bitte! Bring mich nach Hause!»

Der Mann streichelt meinen Kopf, schaut

dann wieder auf den Eierring und fragt plötzlich:

«Gibst du mir etwas von diesem da?»

«Er gehört nicht mir; ich muß ihn dem Gottebruder bringen.»

«Das macht nichts! Der Gottebruder wird nicht bös sein, wenn du mir etwas davon gibst.» Er stockt und fährt dann weiter: «Ich habe seit gestern mittag nichts mehr gegessen.»

Ein mächtiges Erbarmen mit dem armen Mann überkommt mich. Ich reiche ihm den Eierring. Er klaubt hastig mit seinen Fingern in die goldgelbe Süßigkeit und reißt ein großes Stück heraus.

Ich staune über den riesigen Appetit des Mannes. Seine Kaumuskeln arbeiten, und die Hände sind unablässig beschäftigt, neue Brokken abzubrechen. Es wird mir beinahe Angst vor dem Hunger des Mannes.

«Da, Büblein, mußt auch ein Stückli essen, hast gewiß auch Hunger», ermuntert mich der Fremdling und drückt mir ein Stück Eierzopf in die Hand. Ich beiße herzhaft hinein, denn ich bin wirklich auch hungrig.

«So, so! Das Christkind hast suchen wollen im Wald. Ja, da hast du nun aber ein merkwürdiges Christkindli gefunden.»

«Du, Mann!» bettle ich, «bring mich doch nach Hause. Es ist so kalt hier. Bitte! bitte!»

«Ja, wo bist du denn daheim?»

«Im Waldhof.»

Er überlegt einen Augenblick und späht und lauscht dann in den Wald hinaus.

«Gut, bis zum Waldrand will ich dich bringen. Du mußt aber mäuschenstill sein und darfst nicht rufen, wenn Leute kommen.»

Mit starker Hand hebt er mich wie ein Federbündelchen auf die Schultern und schreitet mit mir durch den Hochwald. Das Licht des Mondes zeigt ihm den Weg. Bisweilen geht ein Zittern durch seinen Körper; ich merke es ganz gut. Einmal ist's mir, als komme ein wildes Schluchzen aus seiner Brust. Ich will ihn trösten, fahre mit meiner Kinderhand liebkosend durch seinen Bart und über das Gesicht, indem ich ihm ins Ohr flüstere:

«Mußt nicht traurig sein, lieber Mann! Die Mistelimutter gibt dir ein gutes Nachtessen. Weißt, wir haben heute Metzgete. Sicher läßt sie dich auch in der obern Kammer übernachten.»

Der Mann umklammert meine Beine jetzt so fest, daß ich beinahe vor Schmerz aufschreie. Mir wird gar sonderbar zu Mute. Jetzt blickt er zu mir auf. Was der Mann wohl hat? Ich glaube fast, er weint.

Jetzt sagt er mit zitternder Stimme:

«Ich habe zu Hause auch so einen kleinen Knaben. O Gott, der arme Bub!»

Auf einmal bleibt er stehen, lauscht in die Nacht hinaus, stellt mich auf den Boden und horcht wieder in atemloser Spannung.

«Kind, es kommen Leute mit Laternen. Vielleicht suchen sie dich.»

Tatsächlich sieht man in weiter Ferne zwischen den Baumstämmen wandelnde Lichtlein, die hin und her schwanken und immer näher kommen. Jetzt hört man auch schon vereinzelte Rufe.

Der Mann an meiner Seite benimmt sich immer sonderbarer.

«Bub, verrate mich nicht. Sag um Gottes willen den Leuten nicht, daß du mich hier angetroffen hast. Sie dürfen mich nicht sehen.»

Ich schaue den Mann erstaunt an.

«Gelt, du verratest mich nicht?»

Aus den Augen des Fremden leuchtet ein wildes Feuer. Ich bekomme nun wirklich Angst vor ihm.

Ein Gedanke fährt durch meinen Kopf: «Barmherziger Gott, das ist sicher der Mörder von Hawiel.»

Und jetzt erkenne ich in ihm auch tatsächlich wieder den Mann, den ich heute morgen am Waldrand gesichtet habe. Plötzlich war zwischen dem blattlosen Unterholz ein bärtiges Männergesicht aufgetaucht, nur einen blitzschnellen Augenblick lang, dann verschwand es wieder im Dunkel der Bäume. Ich will aufschreien, vermag es aber nicht; die Kehle ist mir wie zugeschnürt. Ich fühle mich an beiden Händen umklammert, an meine Ohren tönt wieder die Stimme des Mannes:

«Kind, um der Liebe Christi willen, verrate mich jetzt nicht!»

Ich nicke, stammle ein lautes Ja. Auf einmal fühle ich mich in die Höhe gehoben. Der Mann drückt einen heißen Kuß auf meine Stirne, und ich höre die Worte: «Gott segne dich!»

Ich stehe wieder auf dem Waldboden, der Mann aber ist lautlos im Dunkel des Waldes verschwunden. Den Rest vom Eierzopf hat er mitgenommen. Das alles ist das blitzschnelle Werk eines Augenblickes. Ich bin noch ganz verwirrt. Da nähern sich schon die Lichtlein. Ich rufe, so laut ich nur kann:

«Misteliätti, Misteliätti!»

Ich laufe dem Licht entgegen und stehe auf einmal vor dem Mistelivater und mehreren Männern, die ich nicht kenne. Alle atmen offensichtlich auf. Der Ätti schimpft nicht.

«Gott sei Lob und Dank!» Mit diesen Worten nimmt mich der Pflegevater auf die Arme und tritt mit den Männern den Heimweg an. Ich höre nur noch ganz ferne wie das einschläfernde Plätschern eines Dorfbrunnens das Plaudern der Männer und den monotonen Schritt ihrer Füße. Durch meinen Kopf geht noch ein leises Erinnern an den sonderbaren Fremden im Wald, dann schlafe ich auf den Armen des Mistelätti ein.

Ich erwache erst wieder tags darauf im warmen Bett der Bubenkammer. Die Sonne scheint durch die Eisblumen des Fensters ins Stübchen. Ich muß im Bett bleiben, denn ich habe Fieber. Die Mistelimutter kommt mit einer Tasse heißer Milch und Honig in die Kammer. Sie schaut mich nur ernst an, aber sie schimpft nicht. Sie hält mir die Tasse hin zum Trinken, schüttelt dann die Decke zurecht; ich aber erzähle in abgebrochenen Sätzen, in einem bubenseligen Kauderwelsch, meine Erlebnisse. Auch vom Eierzopf und dem sonderbaren Mann plaudere ich etwas weniges.

Die Mistelimutter sagt nur immer: «Nein, aber auch nein, aber auch, Seppli!»

Vom sonderbaren Mann im Friedstetterwald habe ich nie mehr etwas gehört. In der Heiligen Nacht kam das Christkind auch auf den Waldhof und brachte mir einen schönen Baukasten und ein Brieflein von der Mutter. Der Ätti las den Brief vor. Am Stephanitag machten wir zwei Buben dann der Mutter im

Spital einen Besuch. Zwar konnte ich nicht gut laufen; denn mir waren auf meiner Christkindleinirrfahrt im Walde von Friedstetten beinahe zwei Zehen erfroren; der Tag aber war voll eitel Glück und Sonnenschein; denn während des weihnachtsseligen Besuchsstündchens im Spital kam auf einmal eine liebe, gute Krankenschwester auf das Bett der Mutter zu, lächelte uns Buben freundlich an und sagte:

«So, jetzt ist euer Mütterchen bald wieder gesund, und ihr dürft mit ihm bald wieder heim ins schöne Seedorf.»

Ungläubig guckten wir die Mutter an, doch diese nickte wahrhaftig, und aus ihren Augen brach ein so frohes Leuchten, daß uns ein Freudenschauer überrieselte und wir einen Augenblick vor Glück ganz stumm wurden. Vor meinen Augen leuchteten die heimatlichen Berge auf, spiegelte sich der herrliche See und stand in herzbeglückender Lieblichkeit das traute Dorf. Durch all die Pracht aber sah ich mich und meinen Bruder an der Hand der Mutter schon den Dampfer verlassen und heimwärts ziehen aus der Fremde in mein Paradies – Seedorf.

ICH BIN EIN NARR

B. J. Chute

Die ganze Welt war tief verschneit. Ron stieß einen Fluch aus, als der Esel in einen Schneehaufen fiel. «Steh auf, du!» sagte er wütend. Der Wagen fuhr so langsam, daß es Abend sein würde, bis er in die Stadt käme, und dann konnte ein anderer schon die Stellung haben, um die es ihm ging.

Schlechte Zeiten hatte es auch früher gegeben, aber niemals so schlechte, und wenn er in die Stadt kam, würde er jedem an die Gurgel springen, der ihm die bloße Aussicht auf Arbeit wegnahm.

Seine Augen brannten von den Tränen, die der eisige Wind ihm hineintrieb. Er schüttelte sie ab und sah wieder geradeaus. Mitten auf dem Weg ging jemand, der wie ein Bündel Lumpen aussah und noch langsamer als der Esel war. Das Rasseln des Eselgeschirrs mußte so weit zu hören sein; denn die Gestalt drehte sich um und wartete auf ihn.

Es war die alte Frau, die Schnürsenkel und Taschentücher verkaufte; er kannte sie von Kindheit an.

Sie trug in der einen Hand einen alten braunen Sack; die andere Hand hielt sie hoch und begrüßte ihn, als ob er ein Engel wäre.

«Dem Himmel sei Dank», sagte sie, «du kannst mich doch mitnehmen, nicht wahr?» Er hatte Lust, sie wegzustoßen; aber das Herumstreiten würde ebenso lange dauern wie das Einsteigen. «Ich fahre direkt zur Stadt», sagte er in scharfem Ton, «ich mache keinen Umweg.»

Sie lachte und zog ihren schweren Körper herauf. «Bei solch einem Wetter geht nicht einmal der Teufel zu Fuß. Ich will zu den Kesters.»

«Ich aber nicht», sagte er. «Ich nehme Sie mit bis zur Kreuzung; aber dann müssen Sie laufen.» Er ließ die Leine auf den Rücken des Esels sausen, und der Wagen rumpelte weiter.

Die alte Frau nahm keine Notiz von seinen Worten, brummte vor sich hin und machte es sich bequem. «Seit vier Wochen will ich dahin», sagte sie, «habe es von Tag zu Tag verschoben, weil ich so lahm bin und das Wetter so schlecht ist. Ich habe eine Puppe für das kleine Mädchen, die erste Puppe, die es bekommt. Es hat einen verkrüppelten Arm, das arme Kind, ist ein Vogel mit einem Flügel. Möchtest du die Puppe sehen?»

«Nein», sagte er, «ich bin froh, daß es Leute gibt, die für Puppen Geld ausgeben können. Unsereins hat keinen Pfennig übrig.»

«Es war ein schweres Jahr für uns alle», sagte die alte Frau und schwieg.

Als sie an die Kreuzung kamen, hielt Ron an. «So, da sind wir.»

Es kam keine Antwort, und er sah sich um. Das Bündel Lumpen war eingeschlafen vom Sitz gerutscht, hielt aber den Sack noch in der Hand. Er beugte sich hinüber und schüttelte sie an der Schulter. Sie erwachte mit einem Schrei, und es dauerte einen Augenblick, bis sie begriff, wo sie war. Dann sah sie den Weg, den sie allein gehen mußte.

«Das ist zu weit», wimmerte sie, «ich bin so lahm...»

«Ihre Füße haben Sie dahin getragen, wo ich Sie getroffen habe; sie können Sie auch weiter tragen. Steigen Sie aus und halten Sie mich nicht auf. Ich will eine Stellung haben, und Ihretwegen kann ich die Chance nicht verpassen.»

«Ich werde hinfallen», sagte sie und schwankte hin und her, «ich werde hinfallen und liegenbleiben und erfrieren.»

«Sie werden nicht hinfallen.»

«Es ist nur ein kleiner Umweg für dich, dauert nicht lange mit dem Wagen.» – «Lange genug», sagte Ron wütend, «steigen Sie aus!»

Sie kam auf die Füße und kletterte vom Wagen herunter. Einen Augenblick blieb sie stehen und starrte ihn an; dann seufzte sie tief und wandte sich ab.

Ron sah ihr nach. Sie konnte ganz gut gehen. Er stieß einen Fluch aus und sah wieder nach dem Esel. «Armes Tier!» sagte er und trieb ihn mit der Leine an. Der Esel war alt, viel zu alt und zu Tode erschöpft – wie diese Frau! Aber sie würde wohl an ihr Ziel kommen, und da wartete Geld auf sie.

«Ach, zum Teufel!» rief er plötzlich, zog an der Leine und ließ den Esel umkehren. Die alte Frau stapfte vor ihm her, tief gebückt wegen des Windes und wegen der Schmerzen im Rücken; aber sie hörte den Wagen kommen und sah sich um. «Steigen Sie ein», sagte Ron, «ich bin ein Narr – aber steigen Sie ein!»

Sie sah ihn sonderbar an und stieg ein und sprach kein Wort, bis sie zu dem Häuschen kamen. Da kletterte sie umständlich heraus. Sie wollte noch etwas sagen; aber Ron wollte nichts hören. So warf sie ihm nur einen Blick zu.

Aber der Blick begleitete ihn, als er zur Straße zurückfuhr, und ihm schien, daß der Wind nicht mehr ganz so kalt war.

Eine Frau kam aus dem Haus gelaufen. Sie sah jung und schlank aus und war einmal hübsch gewesen; aber die Armut hatte ihr

Gesicht gezeichnet, und ihre Augen waren zu groß. «Kommen Sie herein in das Warme!» sagte sie. «Es ist ein Wunder, daß ich überhaupt hier bin», sagte die alte Frau, ließ ihre Fülle auf einen Stuhl fallen und pustete erleichtert. «Wo ist die Kleine?» – «Im Bett», sagte die junge Frau, «da hat sie es wärmer.»

«Na, dann wollen wir das Geschäft gleich erledigen, und sie wird nicht merken, wie alles gekommen ist.» Sie machte den Sack auf und langte hinein. «Die Puppe!» sagte sie stolz und zog sie heraus. «Sehen Sie nur – das Kleid und die Schuhchen!» Sie hielt die Puppe in die Höhe und zeigte sie von allen Seiten.

Die junge Frau stand da, preßte die Hände zusammen und sah ganz woanders hin. «Ich kann nicht – wir können die Puppe nicht kaufen. Es tut mir leid, daß Sie sich den Weg gemacht haben.»

Die alte Frau setzte die Puppe auf ihren Schoß und pustete heftig. «Was ist das?» fragte sie. «Sie haben doch nicht etwa eine andere Puppe gekauft?»

«Nein, das nicht!» Die junge Frau drehte die Schürze in ihren Händen.

«Na, was dann?» Die alte Frau seufzte erleichtert und ließ die Puppe auf ihrem Knie tanzen. «Der Pfarrer sagte mir, Sie hätten das Geld jetzt zusammen...»

«Das Geld ist weg.»

Der alten Frau blieb der Mund offenstehen. «Weg?»

Die junge Frau ließ die malträtierte Schürze sinken und schlug die Hände vor das Gesicht. «O, wir hatten es gespart. Wir hatten es in einem Topf und nahmen es manchmal heraus und malten uns aus, wie sie sich über die Puppe freuen würde. O Gott!» schluchzte sie und ließ den Tränen freien Lauf.

«Sie hatten das Geld», sagte die alte Frau tonlos, «dann müssen Sie es noch haben.»

Die junge Frau riß die Tür zu ihrer Speisekammer auf. «Sehen Sie her», rief sie aufgeregt, «das ist alles, was wir Weihnachten zu essen haben. Es war ein schreckliches Jahr für alle; aber Sie ahnen nicht, wie es für uns war.»

Die alte Frau schüttelte den Kopf. «Aber Ihr Mann hat doch Arbeit …»

«Jetzt nicht mehr. Er war krank, und sie wollten ihm die Stellung nicht offenhalten, nicht so lange …»

Die alte Frau stand auf und kniff die Lippen zusammen. Der lange Weg! Sie starrte auf die Puppe, und in ihren Augen lag ein abschätzender Blick. Wenn sie in die Stadt ging, würde sie sicher jemand finden, der die Puppe kaufte! Und vielleicht nahm ein Wagen sie mit nach Hause.

«Ich werde gehen, ehe das Kind aufwacht», sagte sie.

«Ja ...»

Die alte Frau zog den Mantel fest um die Schultern und ging aus dem Haus, ohne sich umzusehen.

Das würden traurige Weihnachten für das kleine Mädchen sein; aber in diesem Jahr hatte niemand ein richtiges Fest. Wer tat einer alten Frau etwas zuliebe?

Da fiel ihr der junge Ron ein. Nun ja, er hatte ihr geholfen; aber es war umsonst gewesen, weil die Puppe nicht verkauft war.

«Er machte den Umweg meinetwegen», sagte sie vor sich hin. Es war kein so großer Umweg, vielleicht eine Meile, dachte sie; aber er hatte deshalb eine Stellung riskiert. Sie machte den Sack auf, nahm die Puppe heraus und sah sie böse an. «Ich bin eine Närrin», sagte sie schließlich, kehrte um und ging zu dem Haus zurück. Sie trat ein, ohne anzuklopfen. Die junge Frau saß am Tisch, sah vor sich hin und hatte die Hände in den Schoß gelegt. «Hier», sagte die alte Frau und drückte ihr die Puppe in die Hand, «Sie können bezahlen, wenn Sie wieder Geld haben und die schlechte Zeit vorbei ist, wenn wir das noch erleben sollten.»

Sie drehte sich um und ging hinaus, und

auf dem Heimweg schien der Schnee nicht mehr so tief zu sein.

Die Puppe blieb auf dem Tisch liegen, und die jungen Leute freuten sich den ganzen Abend an ihr. Aber dann dachten sie an die Zukunft, und da gab es kaum einen Lichtblick.

«Das Leben war noch nie so schwer», sagte der Mann hoffnungslos, als es draußen klopfte.

Die Frau machte die Tür auf, und vor ihr stand ein kleiner, magerer Mann, der sie angrinste. Barren, der Bettler! Sie hätte ihm die Tür vor der Nase zugeschlagen, wenn er nicht gleich hereingeschlüpft wäre.

«Wir haben nichts», sagte sie.

Er stand da und grinste immer noch. «Ich bin hungrig!»

«Die ganze Welt hungert», sagte der junge Mann.

«Ihr habt zu essen!»

«Aber nichts übrig.»

«Eine Rinde – ein Stückchen Brot! In Jesu Namen!»

Die jungen Leute kannten den Bettler. Er sagte niemals danke und tat niemand einen Gefallen. Wenn er starb, würde niemand trauern, und wenn er am Leben blieb, war niemand glücklicher darum.

Der Name Jesu wurde von keinem Menschen weniger geehrt als von ihm. Sein Blick fiel auf den Tisch. «Man braucht Geld, um Puppen zu kaufen», meinte er.

«Sie wurde uns geschenkt», sagte die junge Frau schnell, und dann sah sie ihren Mann verstohlen an. «Es ist wahr, man hat uns geholfen», murmelte sie, «ich könnte ihm auch etwas geben.»

«Nicht, solange ich hier bin», sagte ihr Mann; aber er sah nach der Puppe hin.

«Wenn ich die Kraft hätte, um zur Stadt zu gehen, würde ich da betteln», wimmerte Barren, «aber ohne etwas im Magen falle ich hin.»

«Dann fall hin», sagte der junge Mann. Aber er mußte an die Güte der alten Frau denken. Da zuckte er mit den Achseln und machte eine Handbewegung. «Na, gib ihm etwas!»

Seine Frau ging in die Speisekammer und nahm das Brot aus seinem Versteck heraus. Sie wollte ein Stück abschneiden, als ihr Mann zu ihr trat und ihr das Messer aus der Hand nahm. Er teilte das Brot in zwei gleiche Teile, nahm eine Hälfte und gab sie dem Bettler. Der hielt sich nicht mit Danken auf. Er lief aus dem Haus und war gleich verschwunden. Erst als er tief im Wald war, machte er halt und setzte sich auf einen Baumstamm.

Die Wolken hatten sich verzogen, und der Mond war aufgegangen. Mitten in der Lichtung stand eine Tanne, deren schützende Zweige bis zur Erde reichten. Einmal hatte solch ein Baum zu Weihnachten auf dem Marktplatz gestanden, geschmückt mit Rauschgold und Flitter und einem großen Stern an der Spitze. Damals wurden Weihnachtslieder gesungen, und auch der Bettler durfte mitfeiern.

Jetzt gab es nichts als das halbe Brot. Er brach ein Stück davon ab, kaute es langsam und genoß jeden Bissen, und der Hunger ließ etwas nach.

Da kamen die Vögel. Barren sah sie pfiffig an und hielt das Brot noch fester. «Krümel gibt es nicht», sagte er boshaft und lachte vor sich hin. Die Vögel kamen etwas näher. Sie pickten am Schnee, gaben leise Laute von sich und schlugen mit den Flügeln.

«Macht, daß ihr fortkommt!» rief er wütend und wünschte, daß der Mond sich hinter einer Wolke verstecken möchte, damit er die Vögel nicht sehen müßte. Dann brach er wieder ein Stück Brot ab und steckte es in den Mund, um ihnen zu zeigen, daß er alles allein essen wollte. Sie beobachteten ihn mit ihren hellen Augen und pickten am Schnee.

Da fiel ihm ein, wie der junge Mann das

Messer genommen und das Brot so geteilt hatte, daß es die Hälfte geworden war. Die Kesters hatten selbst herzlich wenig. Als Bettler sah man das sofort. Er bröckelte eine kleine Krume ab, und warf sie hin. Eine Bewegung ging durch die Vögel, und es gab ein lautes Schwatzen und Streiten. Er brach noch eine Krume ab, und ehe er sich dessen versah, hatte er ein ganzes Stück abgebrochen, zerkleinerte es mit den Fingern und streute die Krümel auf den Schnee.

«Ich bin ein Narr», sagte er und schluchzte beinahe. Die Tanne belebte sich mit noch mehr Vögeln, und es gab ein vielstimmiges Singen – ganz wie früher, als der Weihnachtsbaum auf dem Marktplatz stand. Barren stand ganz still, und ihm war, als ob eine Hand sich auf sein Herz legte.

DIE APFELSINE DES WAISENKNABEN

S. Caroll

Schon als kleiner Junge hatte ich meine Eltern verloren und kam mit neun Jahren in ein Waisenhaus in der Nähe von London. Es war mehr ein Gefängnis. Wir mußten vierzehn Stunden am Tag arbeiten – im Garten, in der Küche, im Stall, auf dem Felde. Kein Tag brachte eine Abwechslung, und im ganzen Jahr gab es für uns nur einen einzigen Ruhetag: Das war der Weihnachtstag. Dann bekam jeder Junge eine Apfelsine zum Christfest. Das war alles. Keine Süßigkeiten. Kein Spielzeug. Aber auch diese eine Apfelsine bekam nur derjenige, der sich im Laufe des Jahres nichts hatte zuschulden kommen lassen und immer folgsam gewesen war. Diese Apfelsine an Weihnachten verkörperte die Sehnsucht eines ganzen Jahres.

So war wieder einmal das Christfest herangekommen. Aber es bedeutete für mein Knabenherz fast das Ende der Welt. Während die anderen Jungen am Waisenhausvater vorbeischritten und jeder seine Apfelsine in Empfang nahm, mußte ich in einer Zimmerecke stehen und – zusehen. Das war meine Strafe dafür, daß ich eines Tages im Sommer aus dem Waisenhaus hatte weglaufen wollen. Als die Geschenkverteilung vorüber war, durften die anderen Knaben im Hof spielen. Ich aber mußte in den Schlafraum gehen und dort den ganzen Tag über im Bett liegenbleiben. Ich war tieftraurig und beschämt. Ich weinte und wollte nicht länger leben.

Nach einer Weile hörte ich Schritte im Zimmer. Eine Hand zog die Bettdecke weg, unter die ich mich verkrochen hatte. Ich blickte auf. Ein kleiner Junge namens William stand vor meinem Bett, hatte eine Apfelsine in der rechten Hand und hielt sie mir entgegen. Ich wußte nicht, wie mir geschah. Wo sollte eine überzählige Apfelsine hergekommen sein? Ich sah abwechselnd auf William und auf die Frucht und fühlte dumpf in mir, daß es mit der Apfelsine eine besondere Bewandtnis haben müsse. Auf einmal kam mir zum Bewußtsein, daß die Apfelsine bereits geschält war, und als ich näher hinblickte, wurde mir alles klar, und Tränen kamen in meine Augen, und als ich die Hand ausstreckte, um die Frucht entgegenzunehmen, da wußte ich, daß ich fest zupacken mußte, damit sie nicht auseinanderfiel.

Was war geschehen? Zehn Knaben hatten

DIE APFELSINE DES WAISENKNABEN

S. Caroll

Schon als kleiner Junge hatte ich meine Eltern verloren und kam mit neun Jahren in ein Waisenhaus in der Nähe von London. Es war mehr ein Gefängnis. Wir mußten vierzehn Stunden am Tag arbeiten – im Garten, in der Küche, im Stall, auf dem Felde. Kein Tag brachte eine Abwechslung, und im ganzen Jahr gab es für uns nur einen einzigen Ruhetag: Das war der Weihnachtstag. Dann bekam jeder Junge eine Apfelsine zum Christfest. Das war alles. Keine Süßigkeiten. Kein Spielzeug. Aber auch diese eine Apfelsine bekam nur derjenige, der sich im Laufe des Jahres nichts hatte zuschulden kommen lassen und immer folgsam gewesen war. Diese Apfelsine an Weihnachten verkörperte die Sehnsucht eines ganzen Jahres.

So war wieder einmal das Christfest herangekommen. Aber es bedeutete für mein Knabenherz fast das Ende der Welt. Während die anderen Jungen am Waisenhausvater vorbeischritten und jeder seine Apfelsine in Empfang nahm, mußte ich in einer Zimmerecke stehen und – zusehen. Das war meine Strafe dafür, daß ich eines Tages im Sommer aus dem Waisenhaus hatte weglaufen wollen. Als die Geschenkverteilung vorüber war, durften die anderen Knaben im Hof spielen. Ich aber mußte in den Schlafraum gehen und dort den ganzen Tag über im Bett liegenbleiben. Ich war tieftraurig und beschämt. Ich weinte und wollte nicht länger leben.

Nach einer Weile hörte ich Schritte im Zimmer. Eine Hand zog die Bettdecke weg, unter die ich mich verkrochen hatte. Ich blickte auf. Ein kleiner Junge namens William stand vor meinem Bett, hatte eine Apfelsine in der rechten Hand und hielt sie mir entgegen. Ich wußte nicht, wie mir geschah. Wo sollte eine überzählige Apfelsine hergekommen sein? Ich sah abwechselnd auf William und auf die Frucht und fühlte dumpf in mir, daß es mit der Apfelsine eine besondere Bewandtnis haben müsse. Auf einmal kam mir zum Bewußtsein, daß die Apfelsine bereits geschält war, und als ich näher hinblickte, wurde mir alles klar, und Tränen kamen in meine Augen, und als ich die Hand ausstreckte, um die Frucht entgegenzunehmen, da wußte ich, daß ich fest zupacken mußte, damit sie nicht auseinanderfiel.

Was war geschehen? Zehn Knaben hatten

sich im Hofe zusammengetan und beschlossen, daß auch ich zu Weihnachten meine Apfelsine haben müsse. So hatte jeder die seine geschält und eine Scheibe abgetrennt, und die zehn abgetrennten Scheiben hatten sie sorgfältig zu einer neuen, schönen und runden Apfelsine zusammengesetzt. Diese Apfelsine war das schönste Weihnachtsgeschenk in meinem Leben. Sie lehrte mich, wie trostvoll echte Kameradschaft sein kann.

DAS KLEINE MÄDCHEN MIT DEN SCHWEFELHÖLZCHEN

Andersen

Es war so gräßlich kalt; es schneite, und es begann dunkler Abend zu werden; es war auch der letzte Abend des Jahres, Silvesterabend. In dieser Kälte und in diesem Dunkel ging auf der Straße ein kleines, armes Mädchen mit bloßem Kopf und nackten Füßen; ja, sie hatte ja freilich Pantoffeln angehabt, als sie von Hause kam, aber was konnte das helfen? Es waren sehr große Pantoffeln, die ihre Mutter bisher benutzt hatte, so groß waren sie. Und die verlor die Kleine, als sie über die Straße weg eilte, weil zwei Wagen schrecklich schnell vorbeifuhren; der eine Pantoffel war nicht wieder zu finden, und mit dem andern lief ein Junge fort; er sagte, daß er ihn als Wiege benützen könne, wenn er selbst einmal Kinder bekäme.

Da ging nun das kleine Mädchen auf den nackten kleinen Füßen, die rot und blau vor Kälte waren; in einer alten Schürze trug sie eine Menge Schwefelhölzchen, und ein Bund davon hielt sie in der Hand; niemand hatte ihr den ganzen Tag etwas abgekauft, niemand ihr einen Pfennig geschenkt. Hungrig und erfroren ging sie und sah so elend aus, die arme Kleine. Die Schneeflocken fielen in ihr langes blondes Haar, das sich so schön um den Nakken lockte; aber an diese Pracht dachte sie nun freilich nicht. Aus allen Fenstern leuchteten die Lichter, und dann roch es so herrlich nach Gänsebraten auf der Straße; es war ja Silvesterabend. Ja, daran dachte sie!

In einem Winkel zwischen zwei Häusern, von denen das eine etwas mehr in die Straße vorsprang als das andere, da setzte sie sich hin und kauerte sich zusammen; die kleinen Beine hatte sie unter sich hinaufgezogen; aber sie fror noch mehr, und nach Hause gehen durfte sie nicht, sie hatte ja keine Schwefelhölzchen verkauft, nicht einen einzigen Pfennig bekommen, ihr Vater würde sie schlagen, und kalt war es auch zu Hause, sie hatten nur das Dach gleich über sich, und da pfiff der Wind herein, wenn auch die größten Spalten mit Stroh und Lumpen zugestopft waren. Ihre kleinen Hände waren vor Kälte beinahe ganz abgestorben. Ach! ein kleines Schwefelhölzchen konnte gut tun! Wenn sie nur ein einziges aus dem Bunde herausziehen, es an die Wand streichen und sich die Finger wärmen dürfte. Sie zog eins heraus. Ritsch! wie sprühte das, wie brannte es! Es war eine warme, helle Flamme wie ein Lichtchen, als sie die Hände darum hielt; es war ein wunderbares Lichtchen! Dem kleinen Mädchen schien es, als säße sie vor einem großen eisernen Ofen mit blanken Messingfüßen und einem messingenen Aufsatz; das Feuer brannte darin so wohltuend, es wärmte so gut. Nein, was war das! – Die Kleine streckte schon die Füße aus, um auch diese zu erwärmen – da erlosch das Flämmchen. Der Ofen verschwand – sie saß mit einem kleinen Stumpf des abgebrannten Schwefelhölzchens in der Hand.

Ein zweites wurde angestrichen, es brannte, es leuchtete, und wo der Schein auf die Mauer fiel, wurde diese durchsichtig wie ein Schleier: sie sah gerade in die Stube hinein, wo der Tisch gedeckt stand mit einem schimmernden weißen Tuch, mit feinem Porzellan, und herrlich dampfte die gebratene Gans, mit Äpfeln und getrockneten Pflaumen gefüllt. Und was noch prächtiger war, die Gans sprang von der Schüssel herunter und wackelte auf dem Fußboden, mit Messer und Gabel im Rücken, gerade bis zu dem armen Mädchen hin kam sie; da erlosch das Schwefelhölzchen, und es war nur noch die dicke, kalte Mauer zu sehen.

Sie zündete ein neues an. Da saß sie unter dem herrlichsten Christbaum; er war noch

größer und geputzter als der, den sie durch die Glastüre bei dem reichen Kaufmann jetzt beim letzten Weihnachtsfest gesehen hatte; tausende von Lichtern brannten auf den grünen Zweigen, und bunte Bilder, wie sie die Schaufenster schmückten, sahen auf sie herab. Die Kleine streckte beide Hände in die Höhe – da erlosch das Schwefelhölzchen; die vielen Weihnachtslichter stiegen höher und höher und höher, sie sah, es waren nun die klaren Sterne, einer davon fiel herunter und bildete einen langen Feuerstreifen am Himmel.

«Jetzt stirbt jemand!» sagte die Kleine; denn die alte Großmutter, die einzige, die gut zu ihr gewesen, aber nun tot war, hatte gesagt: Wenn ein Stern fällt, geht eine Seele empor zu Gott.

Sie strich wieder ein Schwefelhölzchen an der Mauer an, das leuchtete ringsum, und in dem Glanz stand die alte Großmutter, so klar, so schimmernd, so mild und gesegnet.

«Großmutter!» rief die Kleine, «o, nimm mich mit! Ich weiß du bist fort, wenn das Schwefelhölzchen ausgeht, fort, wie der warme Ofen, der herrliche Gänsebraten und der große gesegnete Weihnachtsbaum!» – Und sie strich in Eile den ganzen Rest Schwefelhölzer an, die im Bund waren, sie wollte die Großmutter recht festhalten; und die Schwefelhölzer leuchteten mit solch einem Glanz, daß es heller war als der lichte Tag. Die Großmutter war nie zuvor so schön, so groß gewesen; sie hob das kleine Mädchen auf ihren Arm, und sie flogen in Glanz und Freude so hoch, so hoch; und da war keine Kälte, kein Hunger, keine Angst – sie waren bei Gott.

Aber im Winkel am Hause saß in der kalten Morgenstunde das kleine Mädchen mit roten Wangen, mit einem Lächeln um den Mund – tot, erfroren am letzten Abend des alten Jahres. Der Neujahrsmorgen ging auf über der kleinen Leiche, die da saß mit den Schwefelhölzern, von denen ein Bund fast abgebrannt war. Sie hat sich wärmen wollen, sagte man; niemand wußte, was sie Schönes gesehen, in welchem Glanz sie mit der alten Großmutter eingegangen war in die Neujahrsfreude.

DIE ERLÖSTE EINSAMKEIT

Walter Bauer

Es war kein Haus, in dem man sehr lang wohnte. Wer hier einzog, war unten angekommen und mußte sein Brot am Grunde der Tiefe suchen wie der Taucher die Perlen. Wir wohnten ziemlich lange in dem Haus, und wenn wir von unserer Höhe aus den Fenstern sahen, bemerkten wir oft die Wagen, von denen neue Mieter ihren armseligen Hausrat abluden, oder es waren Ausziehende, die für ihren Tisch, für ein Bett und den Schrank einen anderen Ort suchten. Ich glaube, das Haus hielt sich deshalb mühsam aufrecht, damit wir einen Platz in der Welt hatten. Manchmal nachts konnte man ein Flüstern und Rieseln hören, das nicht von menschlichen Stimmen kam. Das war das Haus; es seufzte ein wenig.

Neue Leute kamen mit dem Einbruch des Winters. Sie hatten nicht mehr als andere vor ihnen. Wir wußten es, denn sie wohnten über uns in einem Raum, und die Sachen wurden an uns vorbeigetragen. Allerdings besaßen sie ein Sofa, auf dem wohl der Junge schlief. Ich erinnere mich auch des Namens; er hieß Nino Andreoli. Er war dreizehn, dunkelhaarig, sehr blaß und still. Ich habe ihn nie mit den Jungen des Hauses zusammen gesehen. Meine Mutter sagte, er hätte immer in der Stube gesessen, allein in der stummen, kalten Gesellschaft von Tisch, Stuhl, Bett und Schrank, denn die beiden, sein Vater und seine Mutter, waren sehr oft nicht zu Hause; aber man wußte nicht, wovon sie lebten. Wir hörten manchmal ihre Stimmen über uns; sie stritten dann wohl miteinander. Der Mann sprach sehr schnell. Er war keiner von uns. Dann lachten sie wieder; sie hatten sich versöhnt.

Der Winter damals kam schnell und mit großer Härte. Die Bauarbeiten mußten eingestellt werden, und mein Vater saß zu Hause am kleinen Ofen und starrte auf seine Hände. Sie waren geschaffen, auszuschachten, Ziegel zu tragen und zuzureichen. Jetzt waren sie tot und verdienten nichts. Ich war Lehrling im ersten Jahr und brachte nur meinen Hunger mit nach Hause. Es war gut, daß meine Mutter zwei Zugehplätze hatte. Manchmal brachte sie Essen mit, und das reichte dann für einen Abend. Auch andere Männer im Haus hatten keine Arbeit. Das Haus stöhnte nachts vor Kälte. Die Stuben ohne Wärme strömten ihre eisige Luft aus und erdrückten die Glut in den Öfen. Der Frost hockte auf den Treppen, sprengte die Wasserleitungen, verstopfte alles, trieb die Menschen zueinander. Manchmal gingen sie fort, aber nur das Gehen machte sie einen Augenblick warm; denn Arbeit gab es nur, wenn sie in den Straßen Schnee schippen konnten. Mein Vater ging mit ihnen. Die Tage waren unermeßlich lang. Die Nacht wurde eingeengt von dem finsteren Tag und von der Furcht vor dem Kommenden.

Wir warteten damals nicht auf Weihnachten; meine Eltern bestimmt nicht, ich schon ein wenig. Mein Vater wollte auch keinen Baum sehen, er konnte ja nur seine leeren Hände als Geschenk auf den Tisch legen. Meine Mutter sagte, einen kleinen Baum müßten wir haben, und ich holte auch einen hübschen kleinen in der Dämmerung draußen im Stadtpark.

Es war doch schöner, als wir gedacht hatten; denn die Mutter brachte von ihren Zugehplätzen eine Menge Sachen zum Essen mit, auch Gebäck, für den Vater ein Paar Socken, für mich eine Strickjacke, an der die Ärmel ein bißchen kurz waren, und die Mutter hatte einen Kragen aus schwarzem Krimmer geschenkt bekommen. Ich wollte der Mutter ein kleines Wandbrett mit Haken schenken, das ich selber gemacht hatte; man konnte Handtücher und Wischtücher daran aufhängen.

Am Nachmittag waren mein Vater und ich zu Hause. Wir hatten gerade aufgewaschen und alles saubergemacht und waren dabei, den kleinen Baum zu schmücken. Mein Vater war auf einmal froh geworden; eine saubere, warme Küche gibt auch gute Gedanken. Dann hörten wir Stimmen im Haus. Sie kamen herauf. Wir hörten, daß die Türen aufgemacht wurden, und durch die Unruhe und durch die Stimmen stiegen Schritte empor, hielten einen Augenblick vor unserer Tür und gingen weiter. Dann wollten sie also zu Andreolis; darüber wohnte keiner mehr. Ich war schon an der Tür und sah zwei Polizisten die Treppe emporsteigen. «Die Polizei, Vater», flüsterte ich. Mein Herz verkroch sich.

«Nicht zu uns, mein Junge», sagte der Vater. «Ich habe es ja kommen sehen, da oben stimmt doch auch etwas nicht.»

Wir lauschten. Das ganze Haus war zum Ohr geworden, und gierig war es nach oben gereckt, um alles zu hören.

Über uns sprachen Stimmen gegeneinander; die ruhigen Stimmen der Polizisten, die schnelle, heftige Stimme Andreolis, dazwischen das hohe, spöttische Lachen der Frau. Dann wurde es still. Die Schritte der Polizei kamen wieder herab und umschlossen die Schritte Andreolis und seiner Frau. «Man hat sie geholt», flüsterte ich. «Was haben sie denn getan?»

«Ich weiss nicht», sagte mein Vater. «Wer weiß, was sie getan haben. Es ist ein Elend in der Welt. Mein Junge», sagte er, «es ist genug da, von allem genug in der Welt, aber es ist nicht richtig verteilt.»

Was ging es uns an? Wir hießen nicht Andreoli, wir hatten nicht gestohlen oder uns an einer dunklen Geschichte beteiligt. Wir waren arm und ehrlich.

Dann kam meine Mutter mit den schönen Geschenken, und mehr als ein paar Worte redeten wir nicht von der Sache. Wir wollten den Heiligen Abend feiern; einmal wollten wir die Armut vergessen. Wir hatten einen Baum, ein paar kleine Kerzen brannten. Die Mutter legte alle Sachen, die sie geschenkt bekommen hatte, unter den Baum auf den Tisch, und ich holte aus meinem Versteck die fünf Zigarren für den Vater und das kleine Wandbrett für die Mutter hervor. Ich bekam etwas Wunderbares. Meine Mutter hatte bei den Leuten, bei denen sie wusch, für mich ein Paar alte Schlittschuhe bekommen.

Wir setzten uns an den Tisch und aßen. Plötzlich sagte meine Mutter: «Ist der Junge oben auch geholt worden?» – «Nein», sagte mein Vater, «nur die beiden, der Mann und die Frau.»

«Dann ist der Junge allein. Ist er oben?» Wir wußten es nicht. Wir hatten nichts gehört. Über uns war es still.

«Geh hinauf», sagte meine Mutter zu mir, «und sieh nach, ob er da ist, und bring ihn herunter. Er soll mit uns essen.» Meine Mutter sah den Vater an. «Es schmeckt mir nicht, Vater», sagte sie. «Nein, hole ihn.»

Ich stand auf und tastete mich durch die kalte Finsternis die Treppe empor. Die Kälte hatte wie ein Hund in den Ecken gelegen und fiel mich an. Ich sah durch das Schlüsselloch einen schwachen Schein fließen, und ich beugte mich nieder, um hindurchzusehen. Damals habe ich etwas gesehen und nie mehr vergessen. Zum erstenmal sah ich, wie es ist, wenn einer allein ist, so allein, daß es außer ihm selbst auf der ganzen Welt nichts gibt als Finsternis und Kälte. Ich sah eine Kerze, die auf dem Tisch stand, und in ihrem Schein, der sich kaum bewegte, das Gesicht des Jungen. Er starrte in das Licht, er hatte den Kopf in die Hand gestützt. Ich klopfte an die Tür und trat ein. Ich blieb an der Tür stehen. Er sah mich an, ohne aufzustehen.

«Nino», sagte ich, «du möchtest zu uns

kommen und mitessen.» Er sah mich an, und sein Gesicht war blaß. Und dann fiel sein Kopf mit dem dunklen Haar, als wäre er von einer schrecklichen Hand abgeschlagen worden, auf seinen linken Arm.

«Komm mit herunter», sagte ich. «Meine Mutter schickt mich. Wir essen gerade.» Er rührte sich nicht.

Zögernd ging ich hinaus, stolperte durch die Finsternis hinab und machte unsere Tür auf. Wunderbar schwebte mir die Wärme entgegen. Sie liebkoste mein Gesicht.

«Er kommt nicht, Mutter», sagte ich, «er sitzt am Tisch und sagt nichts.»

«Ich hole ihn», sagte meine Mutter, «er kann nicht allein da oben bleiben, und wir lassen es uns wohl sein.»

Sie stand auf und ging hinaus, und wir saßen still am Tisch und warteten. Weiß man, wie Schweigen sich in Stille verwandeln kann? Ich bin froh, es zu wissen; denn ich habe es erfahren, und heute kann ich es besser aussprechen als damals. Heute verstehe ich meine Mutter. Sie mußte aufstehen, sie konnte nicht anders. Es mußte einfach jemand da sein, ganz einfach einer, der die Würde des Menschen rettete. Es mußte jemand vom Tisch aufstehen und durch die Finsternis gehen, und meine Mutter ist es gewesen. Sie hat keine großen

Worte gemacht. Ich glaube, daß bei den großen Worten und den großen Botschaften etwas ist, was den Menschen erlaubt, sich zu verbergen und sitzen zu bleiben. Meine Mutter hat nur gesagt: «Er soll unsere Suppe mit uns essen.»

Wir haben unten gesessen und gewartet und haben nicht gehört, was meine Mutter zu dem kleinen Andreoli gesagt hat. Aber bald ist die Tür aufgegangen, und aus der Finsternis trat sie mit ihm herein. Sie hatte ihren Arm um seine Schulter gelegt und führte ihn an unsern Tisch.

«Setz dich, mein Junge», sagte mein Vater, «und iß mit uns.»

Er saß bei uns und aß unsere Suppe mit, und meine Mutter füllte ihm auch den Teller mit Kartoffeln und Fleisch. Wir sprachen nicht von seinem Vater und seiner Mutter.

«Du mußt heute hier unten bleiben», sagte meine Mutter, und zu mir: «Ihr könnt zusammen schlafen.»

Wir tranken dann den Kaffee, der heute etwas schwärzer war, und meine Mutter tat für jeden einen kleinen Löffel voll Zucker hinein. Wir aßen von dem Gebäck, und ich spielte auf meiner Mundharmonika die alten Lieder.

«Vielleicht kann Nino auch spielen», sagte

meine Mutter. Ich klopfte die Harmonika an den Knien ab und gab sie ihm. Er sah mich an und lächelte. Es war ein zartes, ein bißchen schüchternes Lächeln, das in seinem Gesicht erschien. Er hob die Harmonika an den Mund und spielte, zuerst zaghaft und dann wunderbar voll, und dabei blickte er zu Boden. Wir sahen ihn an.

«Er spielt gut», sagte mein Vater.

«Gut, Nino.»

«Ja», sagte ich, «er spielt viel besser als ich.»

Danke, Danke! spielte er. Ich bin nicht allein. Nicht mehr allein. Danke!

Worte gemacht. Ich glaube, daß bei den großen Worten und den großen Botschaften etwas ist, was den Menschen erlaubt, sich zu verbergen und sitzen zu bleiben. Meine Mutter hat nur gesagt: «Er soll unsere Suppe mit uns essen.»

Wir haben unten gesessen und gewartet und haben nicht gehört, was meine Mutter zu dem kleinen Andreoli gesagt hat. Aber bald ist die Tür aufgegangen, und aus der Finsternis trat sie mit ihm herein. Sie hatte ihren Arm um seine Schulter gelegt und führte ihn an unsern Tisch.

«Setz dich, mein Junge», sagte mein Vater, «und iß mit uns.»

Er saß bei uns und aß unsere Suppe mit, und meine Mutter füllte ihm auch den Teller mit Kartoffeln und Fleisch. Wir sprachen nicht von seinem Vater und seiner Mutter.

«Du mußt heute hier unten bleiben», sagte meine Mutter, und zu mir: «Ihr könnt zusammen schlafen.»

Wir tranken dann den Kaffee, der heute etwas schwärzer war, und meine Mutter tat für jeden einen kleinen Löffel voll Zucker hinein. Wir aßen von dem Gebäck, und ich spielte auf meiner Mundharmonika die alten Lieder.

«Vielleicht kann Nino auch spielen», sagte

meine Mutter. Ich klopfte die Harmonika an den Knien ab und gab sie ihm. Er sah mich an und lächelte. Es war ein zartes, ein bißchen schüchternes Lächeln, das in seinem Gesicht erschien. Er hob die Harmonika an den Mund und spielte, zuerst zaghaft und dann wunderbar voll, und dabei blickte er zu Boden. Wir sahen ihn an.

«Er spielt gut», sagte mein Vater.

«Gut, Nino.»

«Ja», sagte ich, «er spielt viel besser als ich.»

Danke, Danke! spielte er. Ich bin nicht allein. Nicht mehr allein. Danke!

DIE GESCHICHTE
VOM ARTIGEN KIND

Margret Rettich

Einmal wollte ein Junge, der hieß Lutz, seiner Mama etwas zu Weihnachten schenken. Er wollte ihr entweder etwas basteln oder malen oder etwas von seinem Taschengeld kaufen. Jedenfalls wollte er ihr eine Freude machen.

«Was wünschst du dir?» fragte er und stand ihr im Weg.

Sie rannte in der Wohnung umher, machte sauber, achtete gleichzeitig darauf, daß auf dem Herd nichts überkochte, mußte schnell einmal telefonieren und sah auf die Uhr.

«Mama, wünsch dir was von mir», sagte er. Sie schob ihn beiseite, suchte das Putzmittel, öffnete dem Briefträger, machte das Fenster zu und rührte in der Suppe.

Lutz stand immer da, wo Mama gerade hin wollte. Sie schob ihn von der Schranktür, nahm ihm den Stuhl weg, bat ihn, aus dem Weg zu gehen, und rief: «Bitte stör mich nicht!»

«Aber ich will doch nur wissen, was du dir wünschst», sagte Lutz. Er hielt sie an der Schürze fest.

«Ich wünsche mir nichts anderes als ein artiges Kind», sagte Mama und machte sich frei.

Lutz ging in sein Zimmer, setzte sich auf das Bett und überlegte, wie er Mama so etwas beschaffen konnte. Es zu basteln war sinnlos. Aber wo konnte man es kaufen? Und wie teuer würde es sein?

Mama rief: «Sitz nicht rum, steh auf, mach schnell, wir müssen einkaufen gehen!»

Lutz ging neben Mama zum Supermarkt. Der war riesengroß, und man konnte dort fast alles bekommen. Lutz wußte Bescheid. Er kannte den Gang, wo es Milch und Käse gab, und die Ecke mit den Obstkonserven. Ein Stück weiter gab es Brot und Kuchen und am anderen Ende die kleinen Spielzeugautos, die er sammelte. Lutz wußte, wo das Seifenpulver stand und wo immer Sonderangebote waren. Kinder hatte es im Supermarkt nie gegeben, jedenfalls nicht zu kaufen.

Am Gemüsestand geriet Lutz mit dem Fuß an Mamas Wagen. Bei den Konserven warf er einige davon um. Bei der Wurst trödelte er, daß Mama ihn antreiben mußte.

«Geh am besten schon nach draußen, und warte dort auf mich, bis ich fertig bin und bezahlt habe», sagte sie.

Lutz stellte sich auf die Straße vor dem Supermarkt. Ein kleines Mädchen hing am

Türgriff und schwang mit der Türe hin und her. Die Frau an der Kasse drohte, und das Mädchen streckte die Zunge raus. Lutz dachte: Das ist kein artiges Kind, über das sich Mama freuen würde.

Daneben stand ein Kinderwagen. Eine Frau mit vielen Taschen kam vorbei, beugte sich darüber und sagte zu Lutz: «Sieh mal wie niedlich. Das ist ein artiges Kind.» Lutz wartete, bis die Frau nicht mehr zu sehen war. Dann schob er den Wagen rasch um die Ecke. Er rannte damit, so schnell er konnte, nach Hause. Das artige Kind jauchzte vor Vergnügen.

Die Wohnungstür war abgeschlossen, denn Mama war noch im Supermarkt. Lutz stellte den Kinderwagen hinter die Kellertür, wo man ihn nicht sehen konnte. Es sollte ja eine Weihnachtsüberraschung sein. Er setzte sich auf die Eingangsstufen und wartete.

Plötzlich fiel ihm ein, daß dieses artige Kind jemandem gehören mußte. Ach was, dachte er, denen werde ich es abkaufen. Allzu teuer kann es nicht sein. Es ist nicht ganz neu, sondern schon gebraucht. Das wird billiger. Lutz kannte das von Papas Auto.

Mama kam mit ihren Einkaufsbeuteln um die Ecke gerannt.

«Da bist du ja, zum Glück heil und gesund!» rief sie und weinte ein bißchen. Sie drückte Lutz so fest, daß es weh tat.

«Diese arme Frau und das arme unschuldige Würmchen! Was für eine Aufregung», sagte sie weiter, «und du warst auch nicht da, so daß ich ebenfalls das Schlimmste befürchtet habe. Aber nun habe ich dich wieder ...»

Lutz war ganz verstört. Aber auch das artige Kind war bei Mamas Reden aufgewacht und begann zu schreien.

«Was ist das?» fragte Mama und wollte nachsehen.

Lutz hielt sie fest und sagte: «Bitte nicht, Mama, es ist dein Weihnachtsgeschenk.» Mama starrte Lutz an, und da fuhr er fort: «Es ist das artige Kind, das du dir gewünscht hast.»

«O Lutz!» sagte Mama.

Sie packte den Kinderwagen, drehte ihn und rannte damit zum Supermarkt zurück. Das artige Kind brüllte immer lauter. Lutz lief nebenher und dachte: Das hier ist nicht das richtige Kind. Es wird schwer sein, eines aufzutreiben. Warum mußte sich Mama ausgerechnet so etwas wünschen, warum nicht etwas anderes?

Lutz wollte Mama danach fragen, aber sie hörte nicht.

Vor dem Supermarkt standen ein Polizist

und viele aufgeregte Leute. Alle drängten sich um eine Frau, die weinte. Mama schob sie beiseite und erzählte ihr etwas, und niemand kümmerte sich um Lutz.

Am Nachmittag bastelte er für Mama einen Kalender, den wünschte sie sich. –

DIE SUCHE NACH IRIS

Horst Heinschke

Seit Stunden saßen sie da. Jeder tat so, als wäre er mit irgend etwas sehr Wichtigem beschäftigt. Lutz Riebe lehnte tief im schwarzen weichen Ledersessel, einen Stapel Zeitungen neben sich. Er blätterte, las, blätterte; aber seine Gedanken waren ganz woanders.

Margot, seine Frau, stickte an einer Tischdecke. In Wirklichkeit wußte sie gar nicht, was und wofür sie das tat. Ihre Augen gingen immer wieder zum Fenster, glitten forschend über das Antlitz ihres Mannes, der als Mittvierziger schon recht viele graue Haare bekam.

Sie zählte die Muster an der Tapete und schätzte, wieviel Knoten wohl die Brücke besaß, die sie auf ihrer letzten gemeinsamen Reise aus der Türkei mitgebracht hatten.

Gott, so einen Heiligen Abend konnte es nicht geben! Wie hatten sie den verdient? Nicht mal ein Baum stand im Zimmer. Wozu? Er wäre nur Heuchelei gewesen.

Einsam – und das mitten in der Millionenstadt, die ihnen schon so viel Schönes beschert hatte. In allen Wohnungen über und unter und neben ihnen feierten sie Weihnachten, das Fest der Liebe ... Sie beide empfanden nur Leere, Bitterkeit, Sorge, Angst ...

Nicht des Ehepartners wegen. Nein! Sie liebten sich seit Beginn ihrer einundzwanzigjährigen Ehe. Das war es nicht ...

Um Iris sorgten sie sich, um ihre vor kurzem mündig gewordene Tochter, die nach einem bösen Streit vor fünf Wochen, in welchem der Vater seiner Tochter die Tür gewiesen, nicht mehr nach Hause gekommen war und sich auch nicht telefonisch oder schriftlich gemeldet hatte ...

Sie schaute Lutz an. Der tat weiter so, als gäbe es nichts als seine Zeitungen. Dabei wurde es schon dunkel draußen. Ob sie ihn ansprach? Sie machten sich ja gegenseitig kaputt. Dabei hoffte sicher auch ihr Mann auf das Wunder, daß ihr einziges Kind wieder in der Tür stünde, als wäre nichts gewesen ...

«Lutz ...», klang es plötzlich aus ihrem Munde. Sie erschrak darüber fast genau so heftig wie er. Dann faßte sie sich ein Herz, ließ die Decke einfach fallen und stand auf. Wenige Schritte. Sie setzte sich auf die Sessellehne zu ihm, der sofort die Zeitung aus seiner Hand gleiten ließ und sie anschaute, als hätte er seit Stunden sehnsüchtig auf diese Geste seiner Frau gewartet.

«Margot? Ja …?»

Sie gab sich einen Ruck, stand auf: «Wir ziehen uns an, steigen ins Auto und suchen sie. Du hast doch die Adresse von dem besetzten Haus in Kreuzberg, wo sie im November schon zweimal die Nacht verbrachte. Vielleicht finden wir sie dort oder erfahren wenigstens, wo sie sein könnte?»

Wie von einer schweren Last befreit, erhob er sich ebenfalls. «Ja, du hast recht. Sicher habe ich damals falsch gehandelt. Neunzehn Jahre! Herrgott! Was wird den jungen Menschen nicht alles eingeflüstert an Parolen wie: Sexuelle Befreiung! Weg vom Elternhaus! Das Leben als Rausch! Fort von der älteren Generation der Kriegstreiber und Geschäftemacher!»

Auf dem Korridor half er Margot in den Mantel. «Zieh dich bloß warm an! Es ist bitter kalt. Das arme Kind! Wo mag es stecken? Ob es noch mit diesem … Rudi zusammen ist, der ihm den ersten Joint verpaßte und es auch bestimmt sonst … mißbrauchte?»

«Hoffentlich nicht!» kamen die Worte gepreßt aus Margots Lippen. «Das ist ein ganz mieser Bursche. Doch junge Mädchen sind heute überall gefährdet.»

Eine Viertelstunde später hielt Lutz den Wagen vor dem bewußten Haus. Es sah trostlos aus, eine halbe Ruine. Irgendwo brannte Licht im ersten Stock. Die Haustür war mit Brettern verbarrikadiert. Er klopfte, stieß mit einem aufgehobenen Pflasterstein, der neben vielen anderen herumlag, mehrmals kräftig gegen die Tür.

Schließlich öffnete sich oben ein Fenster. Ein etwa dreißigjähriger langmähniger Kerl gröhlte heraus: «Welche Sau poltert da unten wie verrückt? Bulle oder besoffen?»

«Entschuldigen Sie», Lutz überwand seinen Ekel, «ich suche meine Tochter. Sie ist schon lange nicht mehr nach Hause gekommen. Sie heißt Iris, Iris Riebe und hat zumindest früher hier mal kurz gewohnt. Können Sie uns helfen? Meine Frau und ich sorgen sich sehr um sie.»

Der Mann spuckte verächtlich herunter. «Ach, du bist der elende Mistkerl, der seine eigene Tochter aus dem Haus jagte, nur, weil sie mal Lust auf ein bißchen Rauschgift und einen Matratzenheini hatte! Hau bloß ab, du verpestest unsere schöne Gegend, du verkalkter Westendscheich!»

Verbittert drehte sich Lutz um. Margot hielt ihn am rechten Arm fest. «Laß mich!» Und sie rief hinauf in das grinsende Gesicht: «Bitte! Ich bin Iris' Mutter! Sagen Sie mir, ob sich meine Tochter in diesem Haus aufhält! Heute ist doch Weihnachten. Wir möchten sie zurückholen. Sicher braucht sie uns, genau so, wie wir sie brauchen ...»

Der Typ da oben sprach auf einmal nicht mehr aggressiv.

«Tut mir leid. Sie ist nicht hier. Und weil Sie ja noch an sowas wie Weihnachten glauben mögen, will ich Ihnen helfen. Sie hat hier in einem Zimmer ganz allein gehaust, bekam von uns auch zu essen. Auf Rudi, diese kaputte Eule, hat sie schon lange keinen Bock mehr. Das ist finito. Vor drei Stunden ist sie hier abgehauen, wollte unter Menschen, Lichter sehen, einen Christbaum und so. Ihr bedeutet dieser Firlefanz offenbar immer noch was. Fahren Sie mal in die Potsdamer Straße. Da hat sie Udo vor zwei Stunden gesprochen. Vielleicht ist sie auch in ihrer dämlichen Sehnsucht zum Kudamm gelatscht, wo sie den ganzen Weihnachtsprofitrummel im Übermaß finden kann. Und nun hauen Sie endlich ab! Sie stören uns! Wir feiern schon Silvester!» Er knallte oben das Fenster zu, bevor Margot sich bedanken konnte.

Wenig später zogen Lutz und Margot zu Fuß durch die Potsdamer Straße. Bei einer raschen Fahrt mit dem Wagen hatten sie viele herumstreunende junge Menschen, betrunkene Männer und Frauen und sich feilbietende Prostituierte getroffen, aber nirgends ihre

Tochter erkannt. Nun klapperten sie unzählige Lokale ab, die nach Bierdunst, Schweiß und Zigarettenqualm stanken und in denen ausgeflippte Menschen an Theken oder an Tischen Alkohol hinunterkippten oder sich in Ecken herumknutschten. Von Iris nirgends eine Spur.

Schließlich fuhren sie, kaum noch hoffend, durch die Tauentzien zum Kurfürstendamm, einmal langsam hinauf zum Halenseebahnhof und dann wieder hinunter zur Gedächtniskirche ... Sie fanden ihre Tochter nicht.

Endlich wandten sie sich – maßlos enttäuscht – nach Hause. Wo sollten sie noch suchen? Iris konnte überall in der Stadt sein. Es war aussichtslos ...

Müde ging Margot die Treppen zu ihrer im dritten Stock gelegenen Wohnung in der Krummen Straße hoch.

Wie Lutz, so fand auch sie keine Worte mehr. Sie hatten beide einen Nachmittag der Einsamkeit und der Verzweiflung erlebt. Jetzt mußten sie auch noch einen bitteren Abend verbringen ... allein, ohne Tochter. Hoffentlich hatte Iris sich nichts angetan oder ein anderer ihr etwas? Die Gefahren in dieser Stadt waren nicht im entferntesten abzuschätzen. Man las täglich von den entsetzlichsten Verbrechen ...

Das Treppenlicht war ausgegangen. Schleppend tasteten sich beide die letzten Stufen empor. Lutz drückte den roten Punkt...

Da schrie Margot laut auf: «Iris!» Sie warf sich auf das dunkle Bündel, das vor ihrer Wohnungstür schlaftrunken kauerte.

Halb gezogen, halb aus eigener Kraft stand ihre Tochter auf; sie wischte sich die vom Weinen roten Augen. «Wo bleibt ihr so lange? Wußtet ihr nicht, daß wir am Heiligen Abend zusammengehören?»

Lutz, sich seiner Tränen nicht schämend, umarmte Iris lange schweigend. Margot hatte bereits aufgeschlossen und zog beide hinein: «Kommt!»

Lutz strahlte plötzlich. «Ich hole einen Weihnachtsbaum! Unten auf der Straße liegen noch viele unverkaufte herum. Ich lege dem Händler einen Zettel hin, daß ich nach dem Fest bezahle.» Und schon eilte er mit zügigen Schritten lebhaft die Treppen hinunter.

Es dauerte gar nicht lange, da schleppte er schon eine riesige Fichte hinter sich her in die Wohnung. Margot und Iris, immer noch in den Mänteln, standen im großen Zimmer, eng umschlungen, und hatten bisher kein Wort zueinander gesagt. Sie drückten sich nur und weinten – beide.

Lutz sah es, legte den Baum ab, ging hin, zog sie auseinander und meinte schlicht: «Iris, seit Jahren war es deine Aufgabe, den Christbaum zu schmücken. Du weißt, wo alles liegt. Weshalb fängst du nicht an?»

Die Tochter küßte ihren Vater still. Dann öffnete sie den Schrank, suchte im untersten Fach, holte Lametta, Kerzen, Christbaumkugeln heraus, danach den Karton mit den Krippenfiguren, die der Vater, als er noch nicht Filialleiter in einem Drogeriediscountladen war, vor langer Zeit selbst mehr schlecht als recht geschnitzt hatte.

Eine knappe Stunde später erstrahlte alles im Lichterglanz. Kuchen und Kaffeetassen, Gebäck und Blumen bedeckten den Tisch.

Es wurde das schweigsamste Weihnachtsfest, das Margot und Lutz mit ihrer Tochter je gefeiert hatten. Dennoch waren sie sehr glücklich. Alle drei wußten genau: Sie bildeten wieder eine Familie, und nichts würde sie mehr trennen können. Denn sie gehörten zusammen, alle drei...

JURIKS ERSTER MARIENDIENST
Ellen Schöler

Winter in einer kleinen russischen Stadt. Die Kinder der Weberin Denidova gehen nebeneinander auf der hartgefrorenen Hauptstraße. Die beiden Jungen, Jurik und Fjodor, haben Larischka, die kleinere Schwester, in die Mitte genommen, als könne sie ihnen sonst entwischen. Sie reden von beiden Seiten auf sie ein. Und Larischka hört ihnen zu, mit einer Falte auf der Stirn.

«‹Märchenerzähler› hat er gesagt, der Genosse Lehrer, du hast es selbst gehört, Larischka!» Das ist Jurik, der das sagt, und Fjodor fügt hinzu:

«Wir sollen uns nicht beschwatzen lassen, hat er gesagt, die Vernunft – nur auf die Vernunft dürfen wir hören. Wir sind, sagt der Genosse Lehrer, die Kinder einer neuen Zeit, und der Staat...»

«Er verbietet es nicht, wenn wir in die Kirche gehen wollen», sagt Larischka. Sie gehen gerade an der kleinen Kirche mit dem Zwiebelturm vorbei; sie dient jetzt als Getreidespeicher. «Früher», sagt Larischka und deutet auf die Kirche, «früher wurde dort der Gottesdienst abgehalten. Jetzt haben wir nur den alten Schuppen, den die Gläubigen hergerichtet haben.»

«... und in den du mit der Mutter, so oft du kannst, hineingehst. Die anderen Kinder haben schon über uns gespottet und gelacht!»

Larischka antwortet nicht auf die Vorwürfe der Brüder. Sie zeigt auf einen Mann, der, aus einer Seitenstraße auftauchend, jetzt vor ihnen geht: «Dort geht der Pope.»

«Nun sieh ihn dir an!» meint Jurik spöttisch. «Schäbig und arm – sein Pelz ist geflickt.»

«Er muss von dem Wenigen leben, was die Leute ihm geben können, und außerdem tut er noch Gutes.»

Fjodor mustert ihn mit zusammengezogenen Augenbrauen: «Er wird doch nicht etwa zu uns gehen, Larischka?»

«Warum nicht? Es ist eine Ehre, wenn der Pope ins Haus kommt. Früher – das weiß ich, die Mutter hat es mir erzählt – früher, wenn der Pope auf der Straße ging, dann sind die Leute gekommen und haben ihm den Ärmel geküßt.»

«Götzendienerei!» sagt Jurik. «Tatsächlich», fährt er aufgeregt fort, «er geht in unser Haus. Nein, dann gehen wir noch nicht nach Hause. Dann warten wir, bis er wieder fortgegangen ist. Ich kann es nicht vertragen, wenn er mir ein Kreuz auf die Stirn macht.» «Und ich kann es nicht vertragen», setzt Fjodor hinzu, «daß er mich mit so aufmerksamen Augen ansieht. Er sieht mich an, als wäre ich durchsichtig.»

«Wenn du nichts Schlechtes zu verbergen hast», meint Larischka, «dann könntest du doch ruhig durchsichtig sein. Ich stelle es mir sogar schön vor. Merkwürdig, daß du das eben zu mir gesagt hast. Neulich hat der Pope zu mir gesagt: Vor Gott mußt du sein wie ein Glas mit frischem Wasser. – Ich möchte gern ins Haus gehen und wissen, was er von der Mutter will.»

Aber die Brüder nehmen Larischka ganz eng in die Mitte und schieben sie energisch an der Haustür vorbei.

«Es ist jetzt bald das Fest der Geburt des Herrn...» «Ich habe dir gesagt, ich will von diesen Märchen nichts hören!» sagt Jurik. «Der Genosse Lehrer hat...»

«Der Genosse Lehrer», unterbricht ihn Larischka, «der Genosse Lehrer ist ein Mensch.»

«Und der Pope?» fragt Fjodor spöttisch.

«Ein – Diener des Herrn», sagt Larischka.

«Du wolltest wohl sagen: ein armseliger Knecht!» sagt Jurik dagegen. «Aber du sollst nicht denken, daß ich Angst vor ihm habe!

Komm, gehen wir zusammen nach Hause. Es ist vielleicht doch gut zu wissen, weshalb er bei uns aufgetaucht ist, der Genosse Märchenerzähler.» Der Pope ist bei Frau Denidova in dem kleinen Zimmer, das fast ganz ausgefüllt ist von dem großen Webstuhl. Der Pope ist schon ein sehr alter Mann. Sein Bart ist von der Kälte draußen bereift, und in seinen buschigen Augenbrauen perlen kleine Wassertropfen von der Wärme im Zimmer, die den Reif auftaut.

«Ich will Sie nicht zu einer Arbeit überreden. Sofia Maximowa, ich weiß, Sie haben ein sehr großes Arbeitssoll zu erfüllen, aber – wenn Sie meine Bitte gewähren könnten, dann wäre es natürlich sehr schön. Sie wissen, es gibt keine kostbaren Gewänder mehr für unsere Krippenfiguren, und die Muttergottes braucht, weiß Gott, einen Mantel.»

Er öffnet umständlich das Paket in seiner Hand.

«Eine gute Frau hat mir blaue und weiße Schafwolle gegeben.»

«Es ist mir eine Ehre, ehrwürdiger Vater», sagt Frau Denidova, «wenn ich diesen Mantel weben darf, und sollte ich selbst die Nachtstunden zu Hilfe nehmen. In der Nacht, ehrwürdiges Väterchen», gesteht sie, «kann man viel freier denken als am Tage. Ich kann so viele Gebete in diesen Mantel hineinweben, Väterchen, besonders für meine Kinder. Sie machen mir große Sorgen. Sie sind» – Frau Denidova lächelt zaghaft – «sehr gute Bürger der neuen Zeit – bis auf Larischka.»

«Ich sehe ihr junges Gesicht sehr oft im Bethaus», sagt der Pope, «unter all den alten Gesichtern! Denn es sind meist nur noch die alten Leute, die in den Gottesdienst kommen. Nur wenige von den jüngeren Leuten, so wie Sie, Sofia Maximowa, haben so viel Mut zuzuhören, wenn ihnen ein alter Mann von Gott spricht. Es sind noch nicht die Schlechtesten, die mich spöttisch den Märchenerzähler nennen – Genosse Märchenerzähler.»

«Ich werde den Mantel nicht nur weben, ich werde ihn auch nähen, ehrwürdiges Väterchen!» verspricht Sofia Maximowa. Sie betrachtet nachdenklich die Wolle, die sie in ihre Hände genommen hat: «Schönes Blau», überlegt sie. «Aus der weißen Wolle werde ich einen Stern weben. Ja, auf der Schulter soll der Mantel der Muttergottes einen Stern haben.»

«Sie werden es jedenfalls gut machen, Sofia Maximowa», sagt der Pope. «Ah, da kommen ja die Kinder.»

Die Jungen murmeln einen nicht sehr höflichen Gruß, aber Larischka verbeugt sich und versucht, den Ärmel des Popen zu ergreifen.

«Laß das!» sagt der Pope mit einem warnenden Blick zu den Jungen hin, er nimmt Larischkas Hand zwischen seine alten verrunzelten und kalten Hände. «Hat der Frost dir nicht deine kleinen Finger abgebissen?» fragt er scherzend. «Deine Brüder jedenfalls sehen aus, als wären sie Eiszapfen.»

Jurik wirft ihm einen Blick zu, der wahrhaftig eisig ist, und fragt dann seine Mutter: «Was hast du da?»

«Der ehrwürdige Vater hat mir die Wolle gebracht», sagt die Mutter zögernd.

«Ich wußte nicht», entgegnet Jurik frech, «daß der Genosse Kyrillow Arbeit zu vergeben hat!»

Die Mutter will Jurik den Mund verbieten, aber der Pope wendet sich ernsthaft und freundlich dem aufgebrachten Jungen zu: «Du hast ganz recht, der Genosse Kyrillow hat keine Arbeit zu vergeben. Ich habe deine Mutter um eine Freundlichkeit gebeten.»

«Sie haben mir, ehrwürdiges Väterchen, eine Ehre angetragen. Die Ehre – ihr könnt es ganz ruhig wissen, meine Söhne – die Ehre, einen Mantel für die Gestalt der Muttergottes für das Weihnachtsfest zu weben.»

«Die Muttergottes», sagt der Pope, «wird

eure kleine Familie segnen für die Arbeit, die eure Mutter tut.»

Jurik möchte es gar nicht, aber weil ihn die Mutter ansieht – und der Pope, der Pope mit einem ruhigen Blick und die Mutter mit einer Bitte in den Augen, deshalb sagt Jurik laut und frech:

«Ich will mit diesen Märchengeschichten nichts zu tun haben!»

Larischka macht unwillkürlich ein Kreuzzeichen, und Fjodor preßt den Mund zusammen. Selbst er findet, der Bruder ist zu weit gegangen.

«Das Wunder der Heiligen Nacht», entgegnet der Pope ruhig, «ist kein Märchen, mein Sohn. Möge es dich anrühren und in seinen Glanz ziehen! – Sofia Maximowa», wendet er sich gütig an Frau Denidova, «warum weinen Sie? Man hat es diesen Kindern nicht anders gesagt. Sie dürfen ihnen nicht zürnen. – Werden sie mir Larischka mit dem Gewandstück schicken, wenn es fertig ist, oder soll ich kommen, es mir zu holen?»

«Nein», sagt Frau Denidova hastig, «ehrwürdiges Väterchen, ich werde den Mantel der Muttergottes zu Ihnen schicken und – Jurik wird ihn bringen.» Sie sagt das mit so fester Stimme, dass Jurik im ersten Augenblick gar nichts darauf zu sagen weiß.

Frau Denidova und Larischka geleiten den Popen zur Tür. Jurik und Fjodor bleiben im Zimmer zurück.

Fjodor sagt unschlüssig zu dem Bruder: «Du hättest nicht ...»

«Was hätte ich nicht?» schreit Jurik. «Du bist ja auch schon daran, dich beschwatzen zu lassen! Aber das eine sage ich dir: Niemals wird mich die Mutter dazu bringen, daß ich zu ihm hingehe! Eher will ich ...» Er bricht seine Rede ab, denn die Mutter ist wieder ins Zimmer gekommen.

«Larischka komm, hilf mir die Wolle aufspulen», sagt sie. Sie beachtet Jurik gar nicht. Das trifft den Jungen doppelt; denn er hätte sich jetzt gern auf einen Streit mit der Mutter eingelassen. Schließlich hat er in der Schule aufgepaßt und weiß, daß die Popen Feinde der werktätigen Masse sind, die sie mit ihren Märchen verdummen wollen ...

«Larischka, hilf mir die Wolle aufwickeln! Ich will noch heute abend mit der Arbeit anfangen. Meine Mutter hat mir immer erzählt, früher hätte die Muttergottes in unserer Kirche einen goldenen Mantel getragen, der mit edlen Steinen besetzt war. Der Mantel aus rauher Schafwolle, den ich ihr weben werde, soll schön werden, sehr schön, wenn er auch des Prunkes entbehren muß.»

Von dem Abend an, da die Mutter begonnen hat, den Mantel der Muttergottes zu weben, vermeidet es Jurik, in die Webstube zu gehen. Er ist viel aufmerksamer als sonst in der Schule, er sammelt alle Aussprüche des Genossen Lehrer von der Vernunft und der Natur, als brauchte er sie, um sich zu verteidigen. Dabei greift ihn niemand an, im Gegenteil, die Mutter ist noch gütiger zu ihm als sonst, und Larischka gibt ihm schon tagelang von dem Vorrat getrockneter Sonnenblumenkerne, die sie vom Sommer her in einem kleinen Holzkasten hat; denn die Mutter hat zu ihr gesagt: «Jurik ist krank. Seine Seele ist krank. Das ist schlimmer als eine Krankheit des Leibes.» Fjodor hingegen steht oft abends neben dem Webstuhl der Mutter und sieht zu, wie das Webstück unter den fleißigen Händen entsteht.

«Die weiße Sternblume ist schön in dem Blau, Mutter!» sagt er eines Tages.

«Eine Blume», sagt seine Mutter, «ist das wenigste, womit wir die Muttergottes schmücken können dafür, daß sie den Herrn der Welt geboren hat.»

Fjodor könnte jetzt manches darauf erwidern, was der Genosse Lehrer in der Schule behauptet hat. Aber er schweigt, weil das Leuchten im Gesicht der Mutter so schön anzusehen ist.

«Märchen», sagt Fjodor an diesem Abend zu Larischka, «Märchen sind eigentlich etwas Schönes. – Im Winter», sagt er etwas verlegen auf Larischkas erstaunten Blick hin; denn sie weiß den Zusammenhang seiner Gedanken nicht, «im Winter wärmen sie das Herz.»

«Und du wärmst jetzt deine Hände», ist die gleichgültige Antwort der Schwester, «indem du für die Mutter Holz kleinmachst. Wo ist übrigens Jurik?»

«Ich weiß es nicht», sagt Fjodor. «Er hat gesagt, er müße noch einmal fortgehen, etwas zu erledigen.» –

Jurik steht, die Hände in den Taschen seiner Joppe, bei der früheren Kirche. Ja, er umschreitet sie aufmerksam von allen Seiten. Er betrachtet die hohen Fenster; er weiß, daß sie bunt sind. Der Junge stellt sich vor, wie sie geleuchtet haben mögen, wenn Licht in der Kirche war. Es muß schön ausgesehen haben; Jurik kann es sich ganz gut vorstellen, auch wenn er noch nie eine erleuchtete Kirche gesehen hat.

«Davon», sagt er laut zu sich selbst, «davon wird niemand satt!» Unzufrieden stapft er nach Hause und ist den ganzen Nachmittag über brummig und schweigsam. Aber seine Gedanken kommen nicht von der alten Kirche los und von dem, was sich früher darin begeben hat. Am Abend, als die Mutter und die Geschwister schon schlafen, schleicht sich Jurik heimlich in das Webzimmer, denn er will sehen, wie weit die Mutter mit dem Webstück ist. Jurik hat sich eine Kerze angezündet. Er hält sie in Augenhöhe und betrachtet eingehend den Mantel, an dem nur noch eine kleine Kante fehlt. Das Blau ist wie ein blasser Sommerhimmel, und die einzige große Sternblume sieht aus wie ein vergrößerter Schneekristall. Jurik wundert sich gar nicht darüber, daß ihm auf einmal so seltsame Gedanken kommen, weil alles so unwirklich ist: Alle im Haus schlafen, und er ist ganz allein und hält eine Kerze in der Hand. In der Kirche sollen auch immer Kerzen gebrannt haben, wenn ein Fest war.

Jurik versucht, sich an das zu erinnern, was die Mutter von der Frau erzählt hat, für deren Bild der blaue Mantel bestimmt ist. Sie war arm, fällt ihm ein, sehr arm, und hat ihr Kind in einem Stall zur Welt bringen müssen, mitten im Winter. Jurik ist ein Kind des kalten Rußland, und er weiß, wie bitter der Winter für arme Leute ist.

«Die Frau soll das Kind unter ihren Mantel nehmen, das Kind, das frierend in der Krippe liegt; das gehört sich so für eine gute Mutter! Es muß gut sein für ein Kind, unter dem Sternenhimmel geschützt zu sein.»

Nach und nach fallen Jurik in der Stille der Nacht all die Geschichten wieder ein, die er von dieser Mutter Maria und ihrem Kind gehört hat.

Das Kind, das sie in der Winternacht im Stall geboren hatte, war kein gewöhnliches Kind gewesen, sondern der Sohn Gottes. Jurik kann sich darunter nichts Richtiges vorstellen. Der Sohn Gottes! Aber sicher ist es etwas Großes und Wunderbares. Der Junge weiß, was aus diesem Kind später geworden ist. Die Mutter Maria hat es nicht lange unter ihrem Mantel bergen können, sie hat es hergeben müssen, sie hat es einen furchtbaren Opfertod sterben sehen. Jurik weiß, was ein Opfertod ist; sich für eine Idee aufopfern, oder für etwas, was man liebt. Sein Vater ist einen Opfertod gestorben, hat der Genosse Lehrer gesagt, denn der Vater ist im Krieg gefallen. Er ist für die Verteidigung der Heimat, die er liebte, gestorben – das kann Jurik gut verstehen. Aber wofür ist der Sohn der Mutter Maria gestorben, was hat er so geliebt, daß er sein Leben dafür hingab?

«Er ist für alle Menschen gestorben», wiederholt der Junge halblaut die Worte, die er von seiner Mutter gehört hat. Für alle Menschen – also auch für ihn, Jurik? Die Kerze in seiner Hand zittert. Er kann das nicht verstehen, aber er weiß auf einmal ganz sicher, daß das, was die Mutter erzählt hat, wahr ist. Das Kind, das die Frau im Stall geboren und unter ihrem Mantel geborgen hat, ist für ihn gestorben, weil es ihn liebte. Und die Frau ist ihm nicht böse deswegen, nein, die Mutter hat es gesagt: «Die Mutter Maria hat nun alle Menschen schützend unter ihren Mantel genommen.»

Die Kerze in der Hand des Jungen ist fast niedergebrannt. Jurik wirft noch einen Blick auf das Webstück. Und dann tut er etwas sehr Seltsames: Er bläst das Licht aus und legt sich vor den Webstuhl wie ein kleiner Hund, der Wache hält; so schläft er die ganze Nacht. Als ihn seine Mutter am anderen Morgen findet, ist sie sehr verwundert. Aber sie sagt nichts; denn Mütter wissen ja so viel, ohne fragen zu müssen.

In der Schule reden die großen Jungen wieder einmal vom Popen, vom Väterchen Märchenerzähler. Einer sagt: «Na ja, ein fortschrittlicher Junge wird ja nicht hingehen, wenn er erzählt. Ein paar alte Leute, und manchmal ein Mädchen, das dumm ist. Aber ein Junge?» Einer von ihnen lacht laut: «Dem würden wir's zu schmecken geben, wenn wir sehen würden, daß er den Genossen Kyrillow in seinem Haus aufsucht.»

Was fällt Fjodor ein, daß er in diesem Augenblick Jurik zuflüstert: «Die Mutter hat das Gewandstück fertig. Heute mußt du damit zum Popen gehen. Dann sieh nur zu, daß dich keiner dabei erwischt!»

Er hat das eigentlich nur gesagt, um den Bruder aufzuhetzen, um ihn ärgerlich zu machen und um eine großspurige Antwort zu bekommen, die Antwort, daß er auf keinen Fall zu dem Genossen Kyrillow gehen wird.

Aber auf einmal sagt Jurik – Fjodor sperrt unwillkürlich den Mund auf, er traut seinen Ohren nicht recht: «Das geht euch doch nichts an, wenn jemand zum Popen will. Schließlich hat Genosse Kyrillow noch nie etwas Böses getan. Vielleicht werde ich auch mal zu ihm gehen!» Jetzt schreien die Jungen durcheinander. Sie wissen nicht, was sie von Juriks Reden halten sollen. Ist er verrückt geworden oder ist er krank – er, einer der Besten von ihnen, einer ihrer kommenden Führer? Sie einigen sich dann darauf, daß er vielleicht Fieber hat. Aber einer unter ihnen meint mit einem scheelen Blick: «Wir müssen auf ihn aufpassen!»

Fjodor weiß gar nicht, auf welche Seite er sich schlagen soll. Er tut das Nächstliegende. Er nimmt die Beine in die Hand und läuft davon, nach Hause zur Mutter, und erzählt ihr und Larischka, was es mit Jurik gegeben hat.

Frau Denidova ist gerade dabei, den Mantel der Muttergottes in ein Tuch einzuschlagen.

«Ich wußte», sagt sie leise vor sich hin, «ich wußte, daß die Gnade in unser Haus kam in dem Augenblick, als mich das ehrwürdige Väterchen mit dem Auftrag beehrte. Aber – Jurik, was werden sie mit ihm tun?»

«Es ist besser, Mutter», sagt Larischka ängstlich, «wenn ich das Paket dem Popen bringe. Ich glaube, Jurik wird sich jetzt nicht mehr weigern, aber ich habe Angst um ihn!»

«Die würden ihn nicht schlecht verprügeln!» meint Fjodor. «Jetzt denken sie noch, er ist verrückt oder krank. Aber, wenn er zum Popen geht?»

Jurik geht, er läßt sich den Weg nicht abnehmen. Er geht auch nicht am Abend, wie ihm die Mutter geraten hat. Nein, er geht am hellen Tag. Er trägt den Mantel uneingepackt über dem Arm.

Die Jungen aus der Schule passen alle schon seit gestern auf ihn auf. Hinter jeder Häuserecke lugt einer hervor. Dann stellt sich ihm der lange Pjotr in den Weg, gerade als er in die Straße einbiegen will, wo der Pope wohnt, und fragt ihn:

«Was trägst du da und wo gehst du hin?»

Jurik antwortet ganz einfach: «Den Mantel der Gottesmutter. Ich trage ihn zu dem Genossen Kyrillow, damit er ihn für die Weihnachtsfeier rechtzeitig hat.»

«Die Weihnachtsfeier ist nichts, was verboten ist, aber rückständig», sagt der Pjotr. Und dann tut er etwas Furchtbares. Er spuckt Jurik ins Gesicht. Natürlich möchte Jurik jetzt wie jeder richtige Junge auf ihn los und ihn schlagen. Aber er trägt ja das kostbare Gewandstück, den Mantel mit der Sternblume. So sagt er nur mit unterdrückter Stimme:

«Geh mir aus dem Weg!»

Jedoch da hat Pjotr schon auf den Fingern gepfiffen, und jetzt stürzen sich die Jungen von allen Seiten auf Jurik. Es ist ein schrecklicher Kampf. Sie versuchen, ihm das Gewandstück wegzureißen, aber Jurik schützt es mit seinem eigenen Leib. Er teilt Fußtritte aus, er schlägt mit den Fäusten – und dann trifft ihn ein Stein am Kopf und hinterläßt eine stark blutende Schramme. Da bekommen die Jungen es mit der Angst zu tun und lassen ab von ihm.

Jurik merkt gar nicht, daß einige Blutstropfen auf den Mantel fallen. Er ist nur froh darüber, daß dem schönen Webstück nichts geschehen ist. Er wischt sich mit der Hand übers Haar, wo das Blut wegen der Kälte schnell zu verkrusten beginnt. Wo ist seine Mütze? Nun, er wird sie auf dem Rückweg finden. Jetzt ist das Wichtigste, ins Haus des Popen zu gehen. Der Pope öffnet ihm selbst die Tür. Er ist sehr erstaunt, doch er läßt sich nichts anmerken, als Jurik mit einer ungeschickten Verneigung sagt:

«Ehrwürdiges Väterchen, ich bringe den Mantel der Muttergottes.»

«Komm herein, Söhnchen», sagt der Geistliche freundlich, «damit ich das Kunstwerk deiner Mutter näher sehen kann.» In seinem Zimmer, das ärmlich ist und sehr vernachlässigt – man sieht, daß keiner dem alten Mann eine hilfreiche Hand leiht – in seinem Zimmer breitet er den Mantel auf dem Tisch aus.

Er sagt staunend zu Jurik:

«Deine Mutter wollte doch eine weiße Blume weben? Jetzt hat sie sie rosa getönt. Sie sieht schön aus! Sage deiner Mutter, ich lasse ihr sehr danken im Namen der Muttergottes, und ich hoffe, sie zu sehen, wenn wir die Heilige Nacht feiern.»

Jurik verbeugt sich und küßt den Ärmel des Geistlichen: «Ich werde mit meiner Mutter in der Heiligen Nacht da sein, ehrwürdiges Väterchen!» verspricht er.

Er verspricht vielmehr, als er selbst ahnt – nicht nur ein Teilnehmen an einer Weihnachtsfeier, zu dem in diesem Staat, in diesem Land, in dieser Stadt Mut gehört – er verpflichtet sein ganzes Leben dem Kind in der Wiege, das aufwächst zu dem Mann, der sich aufopfert für die ganze Menschheit, über die die Muttergottes schützend ihren Mantel hält.

ES LIEGT NUN WEIT ZURÜCK
Pearl S. Buck

Jetzt fühle ich wieder den bitteren Geschmack eines Weihnachtsfestes vor vielen Jahren im Munde. Ich war damals erst 12 Jahre alt. Wir lebten, eine Missionarsfamilie, in einer wohlhabenden Gegend Chinas, unweit einer blühenden Stadt. Der Wohlstand unserer Provinz zog zeitweise Schwärme von Hungrigen aus dem Norden an – aus jenen Gegenden, die immer wieder von den Überschwemmungen des Gelben Stromes heimgesucht werden, wie das auch damals geschehen war. Sie kamen einige Wochen vor Weihnachten, Tausende, ja, es mögen Zehntausende gewesen sein. Unser Haus war von einer schützenden, hohen Mauer umgeben. In ruhigen Zeiten blieben die massiven Tore tagsüber unverschlossen, jetzt aber waren ständig die großen Riegel vorgeschoben. Obschon meine Eltern, gemeinsam mit anderen Helfern aller Konfessionen, sich bemühten, den Hunger zu lindern, forderte er doch täglich Hunderte von Todesopfern. Alles, was wir taten, reichte nicht aus.

Allmorgendlich trug man die Toten der Nacht vor unseren Toren fort. Sie waren gekommen, um zu betteln, pochten mit letzter Kraft an die verschlossenen Tore und starben dort. Wir wagten nicht zu öffnen – niemand hätte das getan, denn die Hungernden wären in das Haus eingefallen wie ein Heuschreckenschwarm.

Weihnachten kam näher – ungeachtet der großen Not der Menschen. Einige Tage vorher fragte ich meine Mutter: «Gibt es dieses Jahr keinen Baum?» Meine Mutter schien völlig erschöpft und fragte nur: «Was für einen Baum?» Ihr Blick war wie erloschen.

Ich konnte ihr keine Antwort geben. In der Frage meiner Mutter lag das ganze Grauen jener Tage. Sie hatte ganz vergessen, daß Weihnachten kam! Ich brach in Tränen aus. Meine Welt war in Trümmer gesunken. Ich hatte die Leichen gesehen, und damit hatte sich mein Leben gewandelt. Ich hatte begriffen, daß niemand auf Erden sein Leben so führen sollte, als sei nichts geschehen, solange irgendwo Menschen Hungers starben. Es gab also keinen Christbaum in jenem Jahr, keine Geschenke, noch ein Festessen. Der Weihnachtstag verlief wie jeder andere Tag – und doch war er anders als alle jene Tage. Inmitten der Sterbenden, die vor den Toren lagen, wurde ein Kind geboren. Es war ähnlich wie mit jenem anderen Kind von Bethlehem, dessen Mutter es in eine Krippe legte, «denn sie hatten keinen Raum in der Herberge». Meine Mutter führte die junge Mutter ins Haus, und das Kind kam bei uns zur Welt. Es starb ein paar Minuten nach der Geburt. Auch die junge Mutter blieb nicht am Leben. Wo der Vater sich aufhielt, wußten wir nicht, niemand kannte seinen oder ihren Namen. Wir begruben die Namenlosen auf dem christlichen Friedhof.

Ich kann diese Geschichte nicht vergessen. Auch heute nicht, wo ich in meiner Heimat das Fest der Freude feiere, denke ich an die beiden. Mutter und Kind waren keine Bettler, sie waren kein Abschaum, kein Diebesgesindel, nur einfach Menschen, die nicht wußten, wo sie ihr müdes Haupt hinlegen sollten. Während andere Menschen sich satt aßen, hungerten sie ohne eigene Schuld. Auch sie hätten gespeist werden können – wie alle ihresgleichen. Die Erde verfügt über ungeheure, ungenützte Schätze an Nahrung, wir haben nur noch nicht ernstlich den Versuch gemacht, die Hungernden zu speisen.

Die Geschichte gehört jetzt zu der Weihnachtsstimmung unseres Hauses, so daß Weihnachten für uns mehr ist als ein Fest argloser Freude. Es ist zugleich eine Zeit guter Vorsätze, des Gedenkens an die Dinge, die ungetan geblieben sind. In den vielen Jahren, die ich in diesem Haus verbracht habe, das mehr als irgendein anderer Flecken Erde für mich zur Heimat geworden ist, habe ich von Zeit zu Zeit Briefe von Unbekannten bekommen, die mich gebeten haben, für ein heimatloses Kind ein Heim zu suchen. Man wendet sich immer aus dem gleichen Grund an mich – am Schluß heißt es in dem Brief: «... vielleicht haben Sie Beziehungen zu einer asiatischen Familie, die bereit ist, das Kind zu adoptieren.» Wieder war es Weihnachten, und wieder erhielten wir einen solchen Brief, worin man uns von einem Kind berichtete, dessen Vater Asiate, dessen Mutter aber Weiße war.

Wir hatten geglaubt, unsere Familie sei jetzt vollzählig. Heute weiß ich, daß ein Haus nie so vollzählig ist, wie man glaubt. Ich las meinen Kindern den Brief vor. Ich erzählte ihnen, daß das Kind in ein Waisenhaus für Farbige gebracht werden müsse, wenn sich niemand fand, der es adoptierte.

«Was sollen wir tun?» fragte ich die Kinder. Nachdenkliches Schweigen war die Antwort. Es roch bereits im ganzen Haus nach Weihnachten. Der Christbaum war auf unserem Grundstück gefällt worden. Mistelzweige schmückten den Kaminsims im Wohnzimmer.

«Wir müssen unserem Gewissen folgen», meinte mein Mann. Und am Abend kam unsere Kleinste, ein blauäugiges Töchterchen, zu mir: «Mama, wir müssen das Baby zu uns nehmen», sagte sie, «sonst freue ich mich nicht auf Weihnachten.»

Und so schrieb ich mit dem Einvernehmen der ganzen Familie den Brief, der den kleinen Jungen zu uns führte. Ein winziges, dunkelhäutiges Kerlchen, das bei uns von freundlichen Fremden abgegeben wurde ... ein stummes Häufchen Elend. Als schließlich alle schlafen gegangen waren, setzte ich mich an sein Bett. Ich ließ das Licht hinter einem Wandschirm brennen, damit das Kind mich sehen konnte und nicht im Dunkeln lag. Ein paarmal fing es an ganz leise zu schluchzen, und schließlich streckte es das Händchen aus. Ich nahm es und hielt es fest – und lange danach schlief es ein. Und der Stachel, den die chinesische Mutter und ihr Kind, die nun schon so lange zu Staub geworden waren, in meinem Herzen zurückgelassen hatten, verlor etwas von seiner Schärfe.

DAS CHRISTKIND
AN DEN BAHNSCHIENEN

Eva-Maria Kremer

Im Institut herrscht freudige Erwartung. Am 21. Dezember wird das große Krippenspiel aufgeführt. Die Schwestern von der Liebe in Jakarta übten es mit ihren Schülerinnen ein. Die Weihnachtsfeier ist der Höhepunkt des Schuljahres. Wochenlang freuen sich die Kinder darauf.

Die dreizehnjährige Antah Ling darf die Maria spielen. Die Wahl fiel auf sie als beste Schülerin in der Schule. Für Antah ist dies eine besondere Auszeichnung.

Sie ist die Tochter eines reichen Kaufmanns. Ihre Mutter starb, als sie fünf Jahre alt war. Nach der Weihnachtsfeier wird sie die Heimreise zu ihrem Vater antreten. Er wohnt in Khasing. Mit dem rotgelben Expreßzug müssen sie sieben Stunden lang bis dorthin fahren. Antah hängt sehr an ihrem Vater. Sie freut sich auf die Weihnachtsferien. Noch mehr aber freut sie sich im Augenblick auf das Krippenspiel und ihre Rolle als Maria.

Liebevoll betrachtet sie ihr Madonnenkleid

aus blauer Seide. Auch ein dünner weißer Schleier liegt bereit.

«Hast du Lampenfieber?» fragt die Lehrerin sie kurz vor der Aufführung. Antah schüttelt den Kopf. Warum sollte sie Lampenfieber haben? Sie lernt leicht. Der Text sitzt fest in ihrem Kopf. Eine Schulschwester hilft ihr, in das blaue Kleid zu schlüpfen. Sorgfältig kämmt sie Antahs lange schwarze Haare, die ihr bis auf die Schultern fallen.

Jetzt kommen auch die ersten Gäste: Ärzte, Rechtsanwälte, Verwaltungsbeamte und reiche Kaufleute mit ihren Frauen. Alle vornehmen Leute in der Umgebung rechnen es sich als Ehre an, an der Weihnachtsfeier im Institut teilzunehmen.

Eine Schwester steckt die ersten Kerzen an. Es ist heiß. In Indonesien fällt das Weihnachtsfest in den Sommer. Weihnachtsbäume wie bei uns gibt es nicht. Aber einige grüne Zypressen sehen im Kerzenschmuck ähnlich aus.

Josef, die Engel und die Hirten sind auch zum Spiel bereit. Hinter dem Vorhang herrscht feierliche Stille. Bald ist der große Theatersaal der Mädchenschule voller Menschen. Antah bedauert, daß ihr Vater nicht unter den Zuschauern sein kann. «Mein liebes Kind, ich kann Dich leider in diesem Jahr nicht selbst abholen», hat er geschrieben. «Aber meine Hausdame wird am 22. Dezember kommen und mit Dir die Reise antreten.»

Noch etwas bedauert Antah Ling. Sie haben kein richtiges Jesuskind, sondern nur eine Puppe. «Es wäre schön, wenn ich ein richtiges Baby in die Krippe legen könnte», denkt sie. Aber die Schwestern haben nichts davon wissen wollen. «Babies schreien immer im unrechten Augenblick», haben sie gesagt. «Ein Baby stört das Krippenspiel.»

Alles klappt wie am Schnürchen. Vier Schülerinnen der oberen Klasse spielen auf der Geige. Dann sagt eine von ihnen ein langes Gedicht auf. Jetzt tritt die Direktorin der Schule vor den Vorhang.

«Es ist für unsere Schule eine Freude, daß Sie so zahlreich erschienen sind», fängt sie an. Sie spricht von der Schule, von den Leistungen der Schülerinnen und gibt Veränderungen im Schulplan bekannt.

«Sie spricht viel zu lang», denkt Antah Ling ungeduldig. Sie kann es kaum erwarten, bis sich der Vorhang hebt.

Die Lehrerin legt einen dunkelbraunen Umhang über Antahs Schultern. Das heilige Paar befindet sich ja auf der Herbergsuche. Da darf man das blaue Seidenkleid nicht gleich sehen.

Josef trägt ebenfalls einen braunen Umhang. In der Hand hält er einen langen Stab.

Die Herbergsuche beginnt. Nur unfreundliche Gesichter. Überall werden Maria und Josef abgewiesen.

«Ich bin so müde, lieber Josef. Gibt es denn keine Herberge für uns?» klagt Maria. Josef tröstet sie. Endlich sagt eine Frau: «Dort im Gebirge ist ein Stall. Auf dem Heu könnt ihr ausruhen.»

Josef macht ein enttäuschtes Gesicht. Doch Maria tröstet ihn: «Es ist schon recht. Der König der Welt wird in Armut geboren werden.»

Der Vorhang senkt sich. Die Zuschauer spenden kräftig Beifall. Flöten und Geigen erklingen. Als sich der Vorhang wieder hebt, kniet Maria im blauen Seidenkleid vor der Krippe. Zehn Engel umgeben das Jesuskind. Hirten eilen herbei und bringen ihre Gaben. Ein Chor singt «Stille Nacht, heilige Nacht».

Das Puppenjesuskind liegt auf einer blütenweißen Spitzendecke. Nur ein Bündel Heu erinnert an die Armut im Stall.

Maria sieht wunderbar aus. Wie eine kleine Madonna, denken die Schwestern. Sie sind stolz auf ihre gute Schülerin.

Antah Ling bleibt kein einzigesmal stecken. Auch Josef, der sich bei der Probe immer versprochen hatte, ist ganz bei der Sache und blamiert die Schule nicht. Die Engel mit Flügeln umtanzen die Krippe. Der einstudierte Reigen klappt tadellos.

Die Zuschauer sparen nicht mit Beifall. Dreimal hebt sich der Vorhang. Maria, Josef, die Engel und die Hirten müssen sich immer wieder verneigen. Das Puppenjesuskind ist Nebensache.

«Es war wirklich entzückend», sagen die reichen Damen, als sie die Schule verlassen. Überschwenglich verabschieden sie sich von der Direktorin.

«Weihnachten ohne Krippenspiel wäre nichts», sagen sie. Antah Ling denkt über die Worte nach, als sie längst im Bett liegt.

Am nächsten Tag kommt Mrs. Mclong, die Antah abholt. «Dein Vater kann es kaum noch erwarten, dich zu sehen», sagt sie. «Auch diesesmal hat er eine große Überraschung für dich bereit.»

«Vater hat mich an jedem Weihnachtsfest überrascht», lacht Antah. Schnell sind ihre Koffer gepackt.

Einige Stunden später sitzen Mrs. Mclong und Antah bereits im Zug, der sie nach Khasing bringen wird. Eine Hosteß im blauen Kleid und weißen Handschuhen hat ihnen einen Fensterplatz zugewiesen. Gelangweilt blickt Antah aus dem Fenster. Der Zug hat die Stadt, die das Mädchen gewohnt ist, längst verlassen. Er fährt jetzt durch ein anderes Jakarta. Menschen liegen neben den Schienen auf Pappdeckeln und Matten. Der Zug kriecht über eine Brücke. An ihrer Wand stehen Bretterbuden. Frauen hocken vor offenen Feuerstellen und kochen Tee. Eine Großmutter mit langen ungepflegten Haaren sitzt neben den Schienen und sucht den Kopf ihrer Enkelin nach Läusen ab.

«Leben diese Menschen immer hier an den Schienen?» fragt Antah ihre Reisebegleiterin.

«Schau lieber nicht hin, es ist ein Bild des Jammers. Ich kann den Anblick der schmutzigen Kinder nicht ertragen.»

«Aber wo wohnen die Menschen?»

«Das siehst du doch. Sie hausen hier draußen.»

«Haben sie keine Häuser?»

«Nur die Bretterverschläge.»

«Müssen die Kinder nicht zur Schule?»

«Wo soll hier eine Schule sein?»

«Wo arbeiten ihre Väter?»

«Die haben keine Arbeit.»

«Wovon leben die Familien denn?»

Mrs. Mclong wird ungeduldig. «Das weiß ich doch auch nicht. Mädchen, du fragst mehr, als ich beantworten kann. Auf dieser

Welt gibt es eben reiche und arme Menschen. Diese Menschen hier sind arm. Sei froh, daß du reich bist. Blick besser nicht aus dem Fenster.»

Aber Antahs Neugierde ist geweckt. Komisch, sie hatte die Armut vom Abteilfenster aus nie so gesehen. Und sie war schon oft die gleiche Strecke gefahren.

Nach einer Weile des Schweigens fragt sie:

«War Jesus eigentlich arm oder war er reich?»

«Eher arm. Er ist in einem Stall zur Welt gekommen.»

«Warum habe ich dann als Maria ein blaues Seidenkleid und einen weißen Schleier getragen? Die Frauen da draußen tragen keine Seidenkleider.»

Mrs. Mclong ist heilfroh, daß die Hosteß mit einem freundlichen Lächeln das Abteil betritt.

«Tee? Coca Cola?» fragt sie. «Was wünschen Sie zu speisen?» Antah bestellt Coca Cola und Nasi Goreng, ein indonesisches Gericht.

«Was hast du dir zu Weihnachten gewünscht?» fragt Mrs. Mclong. «Ich habe mir gewünscht, dass mein Vater Zeit für mich hat», antwortet das Mädchen. Kleider, Schmuck und Spielzeug hat sie genug.

Antah will gerade ihre Flasche Coca Cola

entgegennehmen, da hält der Zug mit einem kräftigen Ruck. Mrs. Mclong verliert das Gleichgewicht und fällt auf Antah.

«Mein Gott, ein Unglück!» ruft sie entsetzt.

«Keine Aufregung», die Hosteß lächelt wie immer.

«Der Zug steht schon. Ich werde nachsehen, was los ist.»

«Ein kleiner Schaden an der Lokomotive», heißt es später. «Der Schaden wird behoben. Wer will, kann den Zug verlassen. Höchstens eine Stunde Aufenthalt.»

«Auch das noch», stöhnt Mrs. Mclong.

«Ich möchte aussteigen», sagt Antah.

«Was willst du denn draußen? Sieh dir doch nur den Dreck auf den Schottersteinen an. Das ist nichts für dich.»

«Aber ich möchte den Zug verlassen.» Antah ist ein verwöhntes Mädchen, das meistens erhält, was es sich in den Kopf gesetzt hat. Mrs. Mclong folgt ihr nur widerwillig.

Es ist wirklich schmutzig draußen. Abfallgeruch hängt in der Luft. Kinder in zerlumpten Kleidern laufen den Reisenden entgegen. Antah hat nie so schmutzige Kinder gesehen. Einige sehen aus wie Knochengerippe.

«Antah, bitte, laß uns wieder in den Zug steigen», bittet die Frau, der es inmitten der bettelnden Kinder ungemütlich wird.

«Sieh doch, dort drüben!» Antah zeigt aufgeregt mit dem Finger in eine Richtung.

«Lieber Himmel! Aber das ist doch wirklich nichts für dich», entrüstet sich die feine Dame. «Eine Frau hat ein Kind zur Welt gebracht. Sie liegt neben den Schienen. Entsetzlich! Komm, diese schmutzige Armut ist kein Anblick für uns.»

Mit diesen Worten zerrt sie das Mädchen in den Zug zurück. Antah wird nachdenklich. Kein Anblick für sie? Das Krippenspiel kommt ihr wieder in den Sinn. Maria im himmelblauen Seidenkleid. Eine Babypuppe auf blütenweißer Spitze ...

Aber hier, ganz nahe der Bahnschienen, war ein Menschenkind zur Welt gekommen.

Überall ist Bethlehem!

Hatten sie nicht im Religionsunterricht ein Gedicht gelernt, in dem diese Zeile vorkam?

«Vielleicht ist es das Jesuskind, das da neben den Schienen liegt», sagt sie deshalb.

Mrs. Mclong bleibt der Mund offen stehen.

«Das Jesuskind? Mädchen, das kann doch nicht dein Ernst sein. Jesus wurde vor bald 2000 Jahren geboren.»

«Und er wird immer wieder neu geboren. In jedem Menschen wird er neu geboren. Christus hat sich ganz an die Menschen gebunden, unsere Religionslehrerin hat uns das gut erklärt.»

«Alles einsteigen, bitte wieder einsteigen, der Zug fährt gleich weiter», ruft die Hosteß. Mrs. Mclong atmet erleichtert auf.

«Wir haben uns das Kind nicht angesehen», murmelt Antah Ling.

«Ich habe es dir doch gesagt. Das ist kein Anblick für dich.»

«Seine Mutter hatte nicht einmal einen Stall. Das Jesuskind hier ist noch ärmer auf die Welt gekommen als das in Bethlehem.»

«Antah, hör bitte mit dem Jesuskind auf. Denk an Weihnachten.»

«Aber das tu ich doch die ganze Zeit ...»

Mrs. Mclong seufzt, doch sie schweigt.

Der Zug setzt sich in Bewegung. Antah blickt nochmals aus dem Fenster. Ihr ist, als sähe sie in der Ferne ein helles Licht. «Vielleicht waren wir Bethlehem ganz nah», sagt sie.

Mrs. Mclong tut so, als hätte sie die Worte nicht gehört.

QUELLENNACHWEIS

Margret Rettich, Die Geschichte vom artigen Kind.
Aus: Margret Rettich, Wirklich wahre Weihnachtsgeschichten.
© by Annette-Betz-Verlag/Carl Ueberreuter, Wien.

Horst Heinschke, Die Suche nach Iris.
© by Horst Heinschke, Otto-Suhr-Allee 72 D-1000 Berlin.

Ellen Schöler, Juriks erster Mariendienst.
Aus: Der Barbarazweig, Arena-Verlag, Würzburg.
© by Ellen Schöler, D-7440 Nürtingen-Rossdorf.

Eva-Maria Kremer, Das Christkind an den Bahnschienen.
Aus: Eva-Maria Kremer, Weihnachten hat viele Gesichter.
© by Rex-Verlag Luzern/Stuttgart.